追放された神官、【神力】で虐げられた人々を救います!
女神いわく、祈る人が増えた分だけ万能になるそうです
2
著 Saida《サイダ》
ill かわすみ

登場人物
リアヌン
アルフが教会で
出会った女神。
マイペースで食いしん坊。
アルフ
貴族の嫉妬によって
街外れの教会に
飛ばされた神官。
神の声が聞こえる
スキル「預言者」と
類まれなる
魔法のセンスを持つ。
ミケイオ
マリニア
スラムで生活する兄妹。
アルフに懐いている。

オウゴ
スラムの奥地に住む
鬼人のリーダー。
ツイペット
アルフの恩師で、
熟練の魔法使い。
マルグリッド
異国からやってきた
サーカス団の団長。

第一話　進化した教会で

　教会都市パルムにあるガートン神学校《しんがっこう》を二年飛び級で卒業した俺――アルフ・ギーベラート。

　しかしそんな俺が卒業後に任されたのは、教会都市パルムの北に広がる、ゴミだらけの『イスム地区』という貧民街《ひんみんがい》の廃教会だった。

　露骨《ろこつ》な左遷人事《させんじんじ》に肩を落としながら教会を訪れると、神の声を聞くことができるスキル『預言者《よげんしゃ》』によって、そこにいた女神リアヌの声を聞く。

　イスムで貧しい暮らしを送っている人々を助けてほしいという、気さくな女神からの頼みを引き受けた俺。さらには、祈《いの》りによって集まる『神力《しんりき》』と引き換えに、様々な便利スキルを得られるようになると、教会での人助けを始める。

　それからイスムでの生活に困る人々を救ったり、溜まった神力を使って教会を快適な場所に作り変えたりして、スラムのみんなとのどかに暮らしていたのだが――

　ある夜、教会にルーメイ・バークレイという魔女が現れたことで、事件が起きる。

　彼女が売っていた怪しい薬の購入を断ったことを根に持ったからか、俺たちの住む教会に火を放たれてしまったのだ。

途方《とほう》に暮れる俺だったが、イスムの人々の提案で祈りを捧《ささ》げると、そこにはもとの教会よりはるかに大きい聖院《せいいん》――『リアヌの聖院』が現れる。

再び教会の前に姿を現したルーメイを撃退することにも成功して、俺たちは教会での平和な生活を取り戻すのだった。


かつてとは比べものにならないほど大きくなった教会の広間で祈りを捧げていると、徐々に人が集まってきた。

「おはようございます、アルフ様」

「おはようございます」

俺は教会の住人たちとの挨拶を済ませてから、女神像の前での祈りを再開する。

女神像は慈《いつく》しむような笑みを浮かべ、人々の姿を見守っているようだ。

魔女によって教会が燃やされた日からまだ一週間も経っていないが、ここはすっかり平穏《へいおん》を取り戻していた。

祈りを終えて、その場にいた人たちと軽く談笑《だんしょう》してから、俺は広間を離れる。

廊下《ろうか》を歩いている間にも教会の人々とすれ違ったので、挨拶を交わした。

調理場を覗《のぞ》くと、すでに作業を始めている大きな背中があった。

「おはようございます、ダテナさん」

髪を後ろに括《くく》った、ガタイの良い料理人の男がこちらを振り返る。

彫《ほ》りの深い顔に、穏やかな表情が広がった。

「ああ、おはよう。アルフ」

俺はテーブルに広げられた食材を見て、朝食の準備をしているのだと理解した。

ダテナさんがいたのは、ドラゴンの浮き彫りが施《ほどこ》されたかまどの前。

彼がそのドラゴンの頭を撫《な》でると、かまどにボッと聖火《せいか》が灯る。そのまま頭を撫で続け、かまどの火を大きくしていく。

最後に少しだけドラゴンの尾を撫でて、かまどの火を小さくして調整する。

ダテナさんが、よし、と呟《つぶや》いた。

火力はうまく調整できたらしい。

「すっかり使いこなしていますね」

「いや、手順は頭に入ったんだが、まだ慣れてはいないな。どの道具を使うのも、おっかなびっくりだ」

俺の言葉に、ダテナさんは照れくさそうに笑いながら、分厚い手を振って否定した。

教会がランクアップした際、それぞれの部屋には、目的に応じた家具が備え付けられていた。

丈夫なベッドやテーブルといった普通の家具もあったけれど、それとは別に『聖具《せいぐ》』と呼ばれる特別なアイテムが置かれた部屋もあった。

聖具とは、スキルを宿した特別な道具で、ある程度の神力を消費することで、固有の効果を発揮できる優れものだった。

今ダテナさんが使っていたかまども、聖具と呼ばれるものだ。

火の前から離れたダテナさんが、そのまま別の聖具――『水瓶《みずがめ》を抱《かか》えた聖女《せいじょ》の像《ぞう》』の前に移動する。それから聖女が抱えている水瓶を下に傾けると、そこから清《きよ》らかな聖水が流れ出た。

その水で大鍋を満たした後、ダテナさんは水瓶の口を上に戻してから、大鍋を火のついたかまどで温めはじめた。

あまりにも淀《よど》みなく操作しているのを見て、俺はちょっと笑ってしまう。

もうすっかり慣れてるじゃないですか……

たぶん都市パルムにいた頃のダテナさんも、こうして卒なく厨房《ちゅうぼう》を立ちまわっていたのだろう。

もともと彼はパルムのレストランで働く料理人だった。だが、お客さんとのいざこざの末、間違ったことをしていないはずのダテナさんがなぜか追い出されてしまったらしい。

こんな有望な人材を追い出すなんて、どうかしてるよなぁ……

料理人としてのスイッチが入ったらしいダテナさんが、黙々と作業を続けた。

俺は邪魔をしないように、そっと調理場を後にした。

その足で教会裏の畑に向かうと、祈りを終えた人たちが作物の収穫《しゅうかく》をはじめていた。

ここで植えているのは、リアヌンからスキルを通じてもらった『気《き》まぐれな種《たね》』。

その種は、一晩で成長してあらゆる実をつけるという、なんとも奇妙《きみょう》なものだが、どれもしっかり実をつけていた。鮮《あざ》やかな赤や瑞々《みずみず》しい緑と、カラフルな作物が畑を彩《いろど》っている。

畑を歩いていると、普段見かけない珍しい実が目に入った。ごつごつした茶色い瓜《うり》のような実で、瓢箪《ひょうたん》とまではいかないが、中央がややくぼんでいる。

俺はその実を手にとって、胸の内でスキルの合言葉を唱えた。

『鑑定《かんてい》する』

神力で手に入れた鑑定スキルを発動する。あらゆるものの名と、それがどのような性質であるのかを知ることができるスキルだ。

目の前の茶色い瓜はムシャムシャという名を持った実だった。硬い皮の中には、魔獣の肉に近い質感の実が詰まっているという。肉食の魔物が好んで食べるらしく、かなり美味《おい》しいようだ。

「アルフ様。おはようございます」

振り返ると、ロゲルおばあさんがほっこりするような温かい笑顔で立っていた。

「おはようございます。今日もよく実っていますね」

俺も頷《うなず》き、彼女に笑みを返した。

「ええ。リアヌ様のお力には、いまだ驚かされるばかりです」

彼女は噛《か》みしめるように呟くと、トマトによく似たトマトマという実をぷつんと切り落として収穫した。

その後も俺は、畑の豊作《ほうさく》ぶりを眺めながら、収穫中の人々に声をかけて回った。

みんなに挨拶していると、畑の中に見た目がよく似た兄弟の姿を見つける。

「おはよう。トゥラム、ライラン」

俺は、その二人組の名前を呼んだ。

彼らはルーメイによって教会に火をつけられた夜、俺の目が教会に向かないように呪《のろ》いをかけられ、利用された兄弟だ。

その後、教会へと再び会いに来てくれた二人を、俺は迎え入れて、今ではこの教会で一緒に過ごす一員になっている。

「おはようございます」

「アルフ様、おはようございます」

二人がはにかむように笑った。

今はまだ痩《や》せている彼らだけど、ここでしっかり食事をとって、健康になってもらえればいいなと思った。

トゥラムたちに手を振ってその場を後にすると、ミケイオが畑に置かれた石像の前にいた。

彼は妹のマリニアと一緒にスラムに住んでいた少年だ。

俺がここに赴任《ふにん》した直後に出会った兄妹で、今ではすっかり懐《なつ》いてくれている。

「おはよう、ミケイオ」

俺の声を聞いたミケイオが、ぱっと振り向いた。

「アルフ兄ちゃん」

こちらに駆けてくる彼の表情は、強張《こわば》っているように見える。

「どうかした？」

「ううん」

ミケイオが首を横に振ったのを見てから、俺は石像に視線を移した。

その石像は、魔物を遠ざける力を持った聖具――大きな翼《つばさ》に、鋭《するど》い牙《きば》を持つガーゴイルの像だ。

このガーゴイル像があれば、神力を消費することで魔物から作物を守れる。

以前まで夜に畑を荒らしに来ていた、猪《いのしし》に似た黒角《くろつの》ブゥアという魔物も、この石像のおかげか姿を現さなくなった。

隣のミケイオを見ると、彼の目は心強くもおっかないガーゴイルの顔に釘付けだった。

小さな肩は強張っており、綺麗《きれい》な瞳は波打つように揺れている。

どうやら魔物を追い払う石像に頼もしさを感じつつ、その石像の怖さに怯《おび》えているといった様子だ。

俺は胸のうちで、スキルの合言葉を唱えた。

『ここに聖《せい》なる泉《いずみ》を』

唱え終わると、空中に出現した泉の水が、ガーゴイルの頭上に降り注ぐ。

魔物《まもの》除《よ》けのガーゴイル像が、見る見るうちにずぶぬれになった。

魔物相手に睨《にら》みを利《き》かせている険《けわ》しい表情が、顔が濡《ぬ》れてご機嫌《きげん》ななめになったように見える。

まるでしかめっ面を浮かべているような石像の顔を、ミケイオがじっと見つめる。

「濡らしすぎたかな？」

「大丈夫だと思う！」

俺の言葉にミケイオはぷぷっと噴《ふ》き出《だ》した。

「そっか。ならよかった。そういえば、マリニアはまだ起きてないの？」

「うん。僕が起きた時は、まだぐっすり眠ってた」

「じゃあ、マリニアのこと、起こしに行こうか」

「うん！」

俺が差し出した左手に、小さな右手がきゅっとおさまった。

石像を離れる前に、『泉よ止まれ』と、俺は唱える。

雨がやみ、ガーゴイルの顔に溜まっていた水が流れ落ちた。

朝の太陽に照らされたガーゴイルの表情が、清々《すがすが》しさを感じているように見えた。

ミケイオに目を移すと、怖いという感情はすっかりなくなっているようだった。


寝室へ向かい、扉をノックして開けると、マリニアが飛び込んできた。

「アルフお兄ちゃん！」

「お、おはよう、マリニア」

勢いに驚いて後ろに倒れそうになったが、彼女を何とか抱きとめる。

「すみません！　アルフ様」

後ろからクリーム色の髪をした少女――レンナがやってきて、あわあわと謝った。

「大丈夫だよ。レンナもおはよう」

にこにこ笑うマリニアをそっと降ろしてから、彼女にも挨拶する。

「おはようございます、アルフ様」

レンナがぺこりとお辞儀《じぎ》した。編《あ》んだ髪も含めて、もう既にきちんと身だしなみを整えている。

寝ぐせ爆発のマリニアとは大違いだ。

俺が来たことに気付いて、他の子供たちもぞろぞろと集まってくる。

マリニアに負けじと、それぞれ個性的な寝ぐせだ。

ミケイオたちと仲の良いジャックの金髪を試しに撫でると、小さな角のように生《は》えた寝ぐせはぴょんと跳ねるだけで直らなかった。

ふふ、と思わず笑みを漏らす。

「なに？」

「ううん。なんでもないよ」

小さな顔を傾《かたむ》けるジャックに、俺はそう応えた。

ここに来たことで、彼らがふかふかのベッドによってぐっすり眠れたのだろうと考えると、胸の中が温かくなった。

その後も子供たちの様子を見ていると、後ろから声がかかった。

「おお、アルフ。ここにいたか」

ダテナさんだ。

「朝食の準備ができたんだが……どうする？」

彼の質問に、俺が答えるよりも先に子供たちが反応する。

「わー！」

「お腹減ったぁ！」

騒ぎ出す子供たちを大人しくさせようと、レンナが注意する。

「だめっ。だめよ、みんな」

だが、子供たちは彼女の腕をすり抜けて、素早く部屋を出ていってしまった。

「子供たちも待っているみたいですし。いただきましょうか。他の人たちにも声をかけておきますね」

「分かった。じゃあ、用意するよ」

俺とダテナさんの会話に、廊下にいた子供たちが歓声を上げる。

ダテナさんは、そんな子供たちを見て頬を緩めていた。

聖院に併設《へいせつ》された食堂は、他の部屋とは少し雰囲気《ふんいき》が異なっていて、壁も床も煉瓦色《れんがいろ》で統一されている。天井は、祈りの広間に比べるとかなり低い。頭をぶつけるほどではなかったが、背伸びして手を上げたら、ぎりぎり指先が触れそうなほどだ。

だがその特徴的な構造も、何度か使っているうちに馴染《なじ》んできた。

暖かな色合いや、少し狭いと感じるくらいの空間に、俺は居心地のよさを感じるようになっている。

長テーブルには、豪勢《ごうせい》な料理の数々が並んでいた。

食前の祈りを捧げ終わると、俺はみんなに声をかける。

「それではいただきましょうか」

俺の言葉で、静かだった空気が一気に活気のあるものへと変わった。

以前と変わらない、料理を食べる音や子供たちの笑い声が響く、幸せな食事の時間。

しかしそんな俺たちの周りで一つだけ大きな変化が……

——んー、どれも美味しそう……！

俺は声が聞こえた方に目をやる。

この教会の女神リアヌンが、みんなの後ろからテーブルを覗き込み、その上に並ぶ食事に目を輝かせていた。

魔獣の肉が柔らかく煮込まれた琥珀色《こはくいろ》のスープに目を留めると、彼女は目をつぶって自分の体の前で手のひらを構える。

次の瞬間、パァッという光とともに、彼女の手のひらの上にテーブルに置かれたスープとそっくり同じものが姿を現した。

——いただきまーす！

それからスープと同じ要領で、テーブルや椅子、スプーンなど、食事に必要なものをパパッと出すと、女神様も俺たちのすぐ近くで、幸せそうに食事を始めた。

『リアヌの聖院』に変わったあの日から、俺はリアヌンの声を聞くだけではなく、姿を見ることができるようになっていた。


聖院での生活に慣れ始めた頃、俺はリアヌンからこの変化について、色々と教えてもらっていた。

——教会のランクアップをしたのよ。

「教会のランクアップ？」

リアヌンの言葉を、俺はそのまま尋ね返す。

——うん。いくつかの条件を満たすことで、教会をより上位のものに変えていくことができるようになるんだ。教会に助けを求めた人の数とかその度合いとか……要するに『どれほどその教会が必要とされているか』によって、教会に与えられるランクが変わってくるんだけどね。今回はちょうどランクアップの条件を満たしてたから、みんなにも喜んでもらえるかなと思って、ランク１の

『小さな聖堂』からランクアップしてみたの。教会が全部燃えてたのは、さすがに予想外だったけど……

どうやらリアヌンの話をまとめると、ただ神力を消費して再建したのではなく、「教会のランクアップ」というものを果たした結果らしい。

「そういうことだったんだ」

――うん。勝手にやっちゃったけど、良かったかな？

「もちろん。これでみんなにも安全に過ごしてもらえるし、すごくありがたいよ」

――えへへ。それなら良かった。あっ、でもね。これだけじゃないんだよ！

リアヌンは笑ったあと、そのまま教会のランクアップについて説明を続けた。

教会がランクアップすると、リアヌンは女神として、より大きな力を使えるようになるらしい。

彼女が教会の中を移動したり、姿を見せたりできるようになったのも、その一環だという。

もとの教会では、台座に固定された女神像のそばから移動できなかったし、その像を通じて声を聞くことしかできなかった。

それに比べると、彼女もかなり自由が利くようになった。

ちなみに、声が聞こえて、姿をはっきりと目視できるのは俺だけだ。

これは俺が神学校の卒業時に授けられた『預言者』のスキルによって、神と特別な形でつながることが可能になっていることも影響しているようだ。

俺以外にも「以前の教会よりも、リアヌ様がお近くで見守ってくださっているのを感じます……」ということを教えてくれる人たちもちらほら出た。特に信心深い人を中心として。

彼らの話からも、ランクアップした教会内でのリアヌンの力や存在感が増していることは、明らかなようだ。

そして、聖院になったおかげで、もう一つできるようになったことがある。

リアヌンが『教会《きょうかい》の拡張《かくちょう》』と呼んだそれは、神力と引き換えに、この教会を充実させられるそうだ。

たとえば、「人々が眠るための部屋」といったように、何らかの目的を持った部屋を増やしたり、基本的な家具を増やしたりできる。あるいはダテナさんが使っていたかまどのような聖具を設置することも可能だ。

聖院へとランクアップした時に、部屋や家具も揃っていたが、今後も神力を消費すれば、部屋や道具を増やせるようになったわけだ。

教会ランク1の時にはスキルを授かり、教会ランク2になってからは教会の拡張が可能になった。

今後も、この教会がより多くの人々に求められ、たくさんの神力が集まる場所になれば、さらなるランクアップが見えてくるそうだ。

その時には、一体何が起きるのだろうか。

——その時になってのお楽しみです！

俺の心を読んだように、リアヌンはそうはぐらかすのだった。

朝食を終えた俺たちは、席を立つ前にリアヌンに祈りを捧げた。
「それでは、恵みを与えてくださった女神リアヌに感謝の祈りを」
俺の言葉に続いて、みんなが目をつぶり、感謝の言葉を口にする。
——こちらこそ、たくさんいただきました。ごちそうさまです！
隣でリアヌンが、相槌《あいづち》のように応えた。
俺はその言葉を聞いて、思わず噴き出しそうになる。
彼女の言葉通り、食事中のリアヌンは誰にも負けないくらいよく食べていた。
俺だけしか見られないのが残念なくらい、ぜひ他の人たちにも見てほしい姿だった。
みんなと談笑しながら朝食の片付けをした後、俺は食堂を離れる。
——ふぅ、よく食べたなー。
隣を歩きながら、女神様が満足げに言う。
「本当によく食べてたね」
——……なんで繰り返したの？
「え……？」
からかっているのがバレてしまったらしい。
俺がとぼけた顔で首を傾《かし》げたら……

――あんまり神をからかいすぎると、もう何も授けないよ？

と、リアヌンが悪戯っぽく目を細めた。

「大変申し訳ございませんでした、女神様」

頭を下げると、彼女は楽しそうに笑った。

――ふふっ。よしよし。

初めて会った時から、彼女の希望もあって、俺はリアヌンに変にかしこまることなく接している。

だが最近になって、姿まではっきりと見えるようになったせいで、ますます神様を相手にしているという感じがしなくなっていた。

さすがにもう少し畏敬《いけい》の念を持った方が良いのでは……と感じたりもするけれど、リアヌンは変わらず「堅苦しいのは嫌！」とのことなので、いまだにこの距離感は変わっていない。

その後もリアヌンと軽口を言い合って廊下を歩くと、目的の部屋に到着する。

やってきたのは、「教会主の間《きょうかいしゅのま》」と呼ばれる場所だ。

この教会を任された「教会主」という立場にある俺のために、リアヌンが授けてくれた部屋で、最近は寝室兼仕事部屋として使わせてもらっていた。

部屋の中には机と椅子、ベッドがあり、壁には女神像が安置《あんち》されている。

女神像は広間にある巨大なものと違い、以前の教会に置かれていたものと同じサイズだ。

俺が女神像に触《ふ》れると、いくつもの光の玉が現れた。

スキルを表す玉が赤と青に光っている。

赤く光っている玉は、神力が十分な量に達しておらず、まだ得ることができないスキル。

青く光っている玉は、獲得可能なスキルだ。

一つ一つの玉に触れると、それぞれのスキルを使った時のイメージが頭の中に広がった。

神から授かるスキルという力は、物理法則や魔法の秩序さえも超えた、神秘的《しんぴてき》で規格外のものばかり。

普通はそう簡単に授かれるものではない……はずなのだが、俺はリアヌンのおかげで、女神像を通して望んだスキルをどんどん授かれるようになっていた。

今のところ俺が授かったスキルは、イスム地区の人々に役立つような、生活に関わるスキルが多い。

聖火や聖水を出すスキル、パンや葡萄水《ぶどうすい》、作物の種などの食料を得るスキル。それから、大量のものを時間経過なく収納できる『保管庫《ほかんこ》』のスキルなど。

便利な反面、それらが使えなくなると生活に支障《ししょう》が出てきてしまうものばかりだ。

いまやこの教会に七十人以上の人が生活していることを考えると、神力を絶《た》やして、これらの力が使えなくなるのは大問題だ。

それゆえ神力の量の管理は、俺の中で重大な仕事の一つになっていた。

今の神力は三十二万を少し超えたあたり。スキルを授かったり、聖具を使用したりで微妙な変動は見られるものの、ここに住む人の毎日の祈りのおかげで大幅に減ることはない。

安定した状態だと分かり、俺は安堵《あんど》の息を漏《も》らす。

——いいスキルでも見つけた？

「え？」

リアヌンの質問に、俺は聞き返す。

——嬉《うれ》しそうな顔をしていたから。

「ああ。だいぶ神力が溜まってきたなと思って」

——確かに！　アルフがたくさんの人に声をかけて、この教会の存在を広めてくれたおかげだね。

リアヌンが俺の言葉に同意してから、労《いたわ》ってくれる。

「ありがとう。俺がやったこと……でも一応あるとは思うけれど、集まってくれたみんなが熱心に祈ってくれたり、畑仕事を頑張ってくれたりしたことが大きいよ。それに何より、リアヌンのおかげだ。スキルもだけど、こんな立派な教会を授けてくれたからこそ、みんな安心して生活できているわけだから」

救いを求める人々が教会に集まらなければ、力を発揮することができない女神。

信心は持っているにもかかわらず、教会に来られずに虐《しいた》げられていた人々。

俺はあくまで、その二者の橋渡し役になったにすぎない。

——えー、私のおかげ……うーん、そうかな？

満更《まんざら》でもなさそうに、俺の言葉を受け止めた後、リアヌンが話題を変える。

——あっ、そうだ。それじゃそろそろ『教会の拡張』も試してみる？

「あー……どうしようかな」

俺は顎《あご》に手を当てながら、使い道を考える。

前から聞いていた教会の拡張。神力を消費することで、教会を充実させられる力だ。

リアヌの聖院を授かった時点で、建物には十分すぎるほどの設備が揃っていたから、使う機会を失っていた。

祈りを捧げるための広間は、都市パルムにある主要な教会にひけをとらないほど大きい。

生活に必要な部屋も全て備わっているから、大人数で暮らしていても不自由を感じることが何一つない。

やっぱり、特に教会の拡張をする必要は感じず、神力を溜めるのを優先した方がいいような……

「神力の量には余裕が出てきたけど……」

俺は再び女神像に触れて、『教会を拡張する』と念じた。

女神像の前に、リアヌの聖院をミニチュア模型にしたかのようなイメージが現れる。

模型の中を、青と赤の光の玉が漂《ただよ》っている。

スキルの時と同じように、それぞれの光に触れると、授かるものを確認できる仕組みだ。

「何か役に立ちそうなものあるかな……」

そう呟きながら、一つ一つの玉に触れていく。

それに応じて、部屋、家具、聖具の姿が映し出された。

神力に余裕が出てきたとはいえ、教会の拡張ではそれなりの量の神力を消費するようだ。

特に部屋を授ろうとすると、どの部屋も数万単位の神力が必要になる。

ここは家具か、少し奮発して聖具を授っておくのが無難だろうか。

いくつかの玉に触れて、それぞれの聖具の効果などを確認した後、俺はその中から一つを授かることに決めた。

青い玉に触れたまま、胸のうちで合言葉を唱える。

『聖なるタペストリーを授かる』

女神像からぱぁっと光が放たれると、部屋の壁に「聖なるタペストリー」と呼ばれる聖具が現れた。

俺は壁にかけられたタペストリーにさっそく目を向けた。

描かれているのは、ただの絵ではなく、聖院を中心とした地図だった。

中心には、教会の絵。それほど大きく描かれているわけではなかったが、一目でこのリアヌの聖院を表していることが分かる。

リアヌの聖院とその周辺は、ぽっと光が当たっているように明るいが、タペストリー全体を見ると、暗かったり、くすんでいる部分が多い。

まるで焼《や》け焦《こ》げたように黒ずんだ箇所すらあって、決して美しく描かれているとは言い難い。

積み上げられたゴミが山となって、いくつも存在しているイスム地区。そこで暮らしている人々

の嘆《なげ》きや悲しみが、暗い染みとなってタペストリー上に散らばっていた。

イスム地区の外側には、魔物たちの領分である鬱蒼《うっそう》とした森が広がっており、左下には、シンボルとなる大聖堂が描かれた大きな街——教会都市パルムが描かれていた。

危険な魔物が生息する森との狭間で行き場を失ったイスムの人々と、大聖堂を構える裕福《ゆうふく》な街。

タペストリーを見ていると、その対比が鮮明に感じられた。

地図の中心に描かれた聖院は、そこだけ明るくて灯台のようにも見える。

その光を一刻も早く、イスム地区全体に届けたいと強く思った。

タペストリーを見つめている横で、リアヌンが神妙な面持ちで言う。

——聖なるタペストリーにしたんだ。

「うん。前々から、まだ教会の周辺にしか行けてないなぁとは思ってたから、もっとこの地域のことを知ろうと思ってね。このタペストリーのおかげで、色々分かったよ」

リアヌの聖院周辺は、ほとんど暗い部分は残っていない。

これからの課題はイスム地区の中でも、教会からより遠い場所だ。

——上の方が暗いねー。

リアヌンがタペストリーを指さして言った。

「そうだね」

リアヌの聖院から距離があるために、徒歩では日没《にちぼつ》までに戻ってこられるかどうか怪しく、森に近いエリアでもあるから、魔物と遭遇《そうぐう》する危険も高まる。

そんな問題から、なかなか足を運べずにいたが、早くこの辺りの様子も見に行きたい。

リアヌンが、俺の考えを察したように言った。

——あまり無理しないでね。すでに、アルフはたくさんの人を幸せにしてる。神力も順調に溜まってるから、焦らなくても、きっとうまくいくよ。

「ありがとう」

俺はリアヌンの目を見て、しっかりと頷いた。

「ひとまずはイスム地区の全容《ぜんよう》が把握《はあく》できただけでも、一歩前進だ」

——うんうん。私の天界での評価も、着実に上がっちゃうなぁ……

女神様も弾むように頷いた。

いやそんな「やれやれ」とでも言いたげなドヤ顔されましても。

「あぁ、うん。それは良かった。ははは……」

俺が苦笑すると、リアヌンの表情が急に真面目なものに変わった。

「どうかした？」

——ごめん、アルフ。ちょっと呼ばれちゃったみたい。

リアヌンは申し訳なさそうな顔で、上を指さす。

どうやら天界でのお仕事があるらしい。

「ああ。行ってらっしゃい」

――またねー。

手を振るリアヌンの体が、すうーっと薄くなった。

そして完全に見えなくなると、近くにいるという気配もなくなってしまった。

突然現れたり、いなくなったりするのはいつものことだから、特に驚きはない。

「神様も忙しいんだなぁ」

一人になった教会主の間で、俺はそう呟く。

それから再び女神像に触れて、何か目新しいスキルはないかと眺めていると、部屋の扉がノックされた。

「アルフ様?」

扉の向こう側からレンナの声がする。

「はい」

扉を開けると、レンナの後ろには他の子供たちもいる。

「今、よろしかったですか」

レンナが小首を傾げると、彼女のクリーム色の髪が揺れた。

「大丈夫だよ。どうかした?」

レンナが答えるよりも前に、子供たちが言った。

「狼さんたちが来たよ！」


レンナに案内されるまま表に出ると、人だかりができていた。

畑で仕事をしていた人たちが一カ所に集合している。

その輪の中心には、輝くような灰色の毛を持つ、五頭の見知った狼たち。

「イテカ・ラ」

俺は五頭の中で、最も大柄《おおがら》な神獣の名を呼んだ。

——アルフ。

『預言者』のスキルによって、神獣の声と意思疎通《いしそつう》を図る。

地面に体を落ち着けて、子供たちに撫でられるままにされていた神獣が立ち上がった。

——みんな、元気にやっているようだな。

子供たちの姿を見て、目を細めながらイテカ・ラが言った。

「はい。あの夜は本当にありがとうございました」

俺は改めて、イテカ・ラに先日助けてもらったお礼を伝えた。

教会に火が放たれた時、いち早くその異変に気が付き、俺たちに伝えてくれたのは、教会周辺で狩りをしていたイテカ・ラたちだった。

彼らが吠《ほ》えて教えてくれなければ、避難が遅れて怪我人が出ていたかもしれない。

——役に立てて良かった。
イテカ・ラの緑の瞳は、今日も凛《りん》としていて美しかった。
その瞳を見つめたまま、俺は尋ねる。
「これから狩りをされるのですか？」
彼らがこの教会にやってくるのは、決まって夜だ。
魔物たちが活発になる時間帯に合わせて、彼らは狩りの時間を設定している。
だから、日中にやってくるのは珍しい。
——いや。今日はアルフにお願いしたいことがあって来たのだ。
「お願い、ですか」
俺は首を傾げた。
——我らの主《あるじ》が、アルフに会いたがっている。一緒に森へ来てもらえないだろうか？
イテカ・ラがそう言って、俺の前で屈《かが》んだ。
背に乗ると、どっしりとした体つきと柔らかい毛の感触が伝わってくる。
イテカ・ラがゆっくりと体を起こす。
一段と高くなった視界。
「では、行ってきます」
俺は振り返って、教会のみんなに声をかけた。

「行ってらっしゃいませ」

「行ってらっしゃいませ、アルフ様！」

手を振る子供たちに、こちらも手をあげて応える。

自分も一緒に行きたい、とワクワクした様子の子供も中にはいたが、だからといって気安くつれていくことはできなかった。

これから向かう先は、魔物も棲息《せいそく》しているかもしれない森の中。決して安全な場所とは言えない。

今度、イテカ・ラたちに、子供たちをのせて教会の周りを走ってもらえないか、お願いしてみよう。

そんなことを思いながら、教会を出発した。


イテカ・ラを先頭に、神獣たちがイスム地区を駆け抜ける。

背中から伝わる揺れと、全身に浴びる風を感じていると、あっという間に森へとたどり着いてしまった。

ふとそこで、聖なるタペストリーのことを思い出す。

人の足では、イスム地区の端《はし》にたどり着くまでが随分と遠いが、神獣たちの力を借りれば、時間をかけずに移動できるのではないだろうか。

神獣たちは速度を緩《ゆる》めて、そのまま森の中へと足を踏み入れる。

森は、魔物たちの縄張りだ。

彼らが活動的になる夜に比べれば、危険はいくらか減るだろうけれど、それでも人間が入ることは躊躇《ためら》われる。

森の中に入るという行為は、猛獣《もうじゅう》だらけの檻《おり》に入るのに等しい。

たとえ武器や魔法といった戦う術《すべ》を持っていたとしても、危険な行為には違いなかった。

冒険者という職業もあるが、これは本当に命懸けの仕事とされている。荒れている海に船を出すような命知らずでないと、冒険者は務まらないそうだ。

豊かな資源を有していながら、森にそう簡単に人が入っていかないのは、こうした理由からだった。

それこそ神獣のような、魔物の気配をいち早く察知したり、それを狩ったりできる存在がいないと、森をうろつくのにも覚悟がいる。

森を進んでいくと、立ち並ぶ木々が徐々に太く、立派なものになっていくことに気付いた。

空気中や地中に満ちている魔力が濃いからか、それを糧《かて》にして生きる木々も太く、丈夫なものになるのだろう。

イテカ・ラの背に乗ったまま辺りに視線を走らせていると、俺は不自然に木の高さが低い場所を見つけた。

「ここは……」

その場所は、俺が以前木材を入手するために木を切らせてもらった区域だった。

教会に来る人が寝泊りする場所を作ろうと、この辺りの木々を使っていたのだ。

それなりの量を切ったはずだったが、木々は魔力を借りて、物凄いスピードで再生を始めているようだった。

この様子なら、すぐに木も元通りになるだろう。

さらにその先へと進んで、一本の大きな木の前にたどり着くと、神獣たちは歩みを緩めた。

――アルフ、ここだ。

イテカ・ラに促《うなが》されて、俺は彼の背中から降りた。

その木の根本には、洞窟のように大きな穴が開いている。

先頭を行くイテカ・ラに続いて、俺はその穴に足を踏み入れた。

「わぁ……！」

心の声が、そのまま思わず漏れてしまった。

穴の中にいたのは、二十頭ほどの狼たち。そのほとんどがイテカ・ラたちと違って、真っ黒な毛色をしており、子犬みたいに小さかった。

そんな愛らしいもふもふたちがうろうろしながらこちらを眺めている光景を見たら、喜ぶなという方が難しい。

どうやらここは、神獣たちの巣穴らしい。

ころころした黒い毛玉のようなもふもふたちに目を奪われていると、正面から声が聞こえてきた。

――よくぞ来てくれました、心優しき神官よ。

巣穴の奥に目を向けると、イテカ・ラよりもさらに大きな狼がいた。

その毛並みは、純白で美しい。声は女性的で、長く生きてきたのだろうと思わせる貫禄《かんろく》をにじませていた。

「はじめまして。神官のアルフ・ギーベラートです」

——会いにきてくれてありがとう、アルフ。あなたのことは、イテカ・ラたちより聞きました。獲物を譲《ゆず》り、呪いまで解いてくれた、と。

「お互い様です。こちらも彼らには何度も助けられていますから」

——それは良かった。

イテカ・ラによく似た緑の瞳が、穏やかに揺れた。

——来ていただいたのは他でもありません。折り入って、あなたにお願いしたいことがあるのです。

「お願い、ですか？」

——ええ。あなたには、ここにいる神狼《しんろう》たちの主になってもらいたいのです。

「主になる……それはつまり、どういうことでしょうか？」

俺が尋ねると、純白の神獣は語り始めた。

——あなたもご存じかもしれませんが、この森にはありとあらゆる魔物が棲《す》んでおります。私は神狼の主として、成熟した者たちが狩りへ出ている間、幼い獣たちをここで守ってきました。ですがどうやら、私もそろそろ神の元へ戻る時が来たようなのです。

俺が黙って聞いていると、神狼の主は静かに続けた。

――そんな時、イテカ・ラからあなたの話を聞きました。森の外に、弱き者たちのための居場所をつくる神官がいるのだと。その話を聞き、私は神のお導きを感じました。どうか私に代わって、彼らの主となり、居場所を与えてはくれないでしょうか。

「居場所……」

――ええ。この者たちの中には、まだ言葉や名前を持たず、神獣として未熟な者たちもいます。ですが、その心根はどの子も真っ直ぐで、純粋です。主の命《めい》には逆らわず、人間たちを襲うことも決してありません。あなたさえよければ、どうかあなたが作り上げた居場所に、彼らも住まわせてやっていただきたいのです。

「えっと、俺たちが住んでいる教会に来てもらうのは構わないですが……彼らの主という役割は、俺に務まるのでしょうか？」

おそらくこの純白の神獣の役目を引き継いでほしい、という意図だろうが、同じ神獣が主でなくていいのだろうか？

主が答えるより先に、背後から声が聞こえた。

――そうだよ。ちゃんと確かめるべきだよ。

後ろにいたのは、一頭の別の神獣。全身の真っ黒な毛に、ところどころ灰色が混じっている。幼い狼たちよりも少しだけ大きくて、しかしイテカ・ラたちに比べると小さい。

神獣の主が、激しく唸《うな》った。

――どういうつもりです、レト・ラ。私の方からお願いをして、来ていただいた方ですよ。そんな失礼なことを言ってはなりません。

レト・ラと呼ばれた神獣が首を強く横に振った。

――でも人間だ。それに、僕はこの人のことをよく知らない。

――アルフのことは、イテカ・ララから聞いたではありませんか。私たちと心を通わせることができるし、信頼し合える人物だと。

――じゃあ、儀式《ぎしき》を受けてもらおうよ。主にふさわしいなら、何も問題はないはずだ。

純白な神獣の主がはっとした様子で俺に目を移すと、俺の隣にイテカ・ラがやってきて吠えた。

――アルフが信頼を結ぶことのできる人物であることは、私が保証する。儀式を行ったとしても滞《とどこお》りなく終えられるだろう。

それから俺は神獣に案内されて、巣穴のさらに奥へと向かった。

そこには美しい泉があり、彼らはその前で足を止めた。

――泉の底に、一つだけ黒い石が落ちているのが見えますか。

さっそく神獣の主が、儀式についての説明を始めた。

「ええ。見えます」

水は透き通っていたので、石は簡単に見つかった。三角形のような、特徴的な形をした石だ。

主は、申し訳なさそうな声音《こわね》で続ける。

——こちらから主になってもらいたいとお願いしておきながら、試すような真似をしてしまって心苦しいのですが……どうかあの石を拾ってきていただきたいのです。

「俺は大丈夫です。分かりました」

ここから見ても、泉はそれなりの深さがあるが、水底にある石を潜って拾うだけなら、そう難しくはなさそうだ。

神獣の主が鼻先を泉につけると、水は微《かす》かに光り、ぶるぶると震えるように揺れた。

——それではアルフ。よろしくお願いします。

神獣たちが見守る中、俺は泉の中に入るが——

すぐに異変が訪れた。

泉の水が濁《にご》りはじめている。

「えっ？」

戸惑う一瞬のうちに、さらに水が濁る。

あっという間に、泉というより沼《ぬま》に近い、淀んだ水へと変わった。

慌てて泉から出ようとするが、泉の水がまるで本当に泥《どろ》になったみたいに重い。

体が思うように動かず、さらには底に引きずり込まれる力すら感じた。

さすがにまずいな……

——アルフ。

名前を呼ばれた方に目を向けると、イテカ・ラがこちらを見ていた。

その瞳はこれまでと変わらず、気高《けだか》くて、落ち着きのある光が灯っている。

——何も心配はいらない。私の言葉を信じてくれるなら、底にある石をとってきてくれ。

沼に呑み込まれようとしている体は、明らかに危険を訴え、ここから出たがっている。

だがイテカ・ラの言葉を聞いた瞬間、恐怖心は完全に取り払われた。

抵抗をやめると、俺の体は自然と沼の底に沈み込む。

息をとめて手探りで石を探す。特徴的な形のおかげですぐに判別がついた。

あった！

その石を手に取った瞬間、全身を締め付けていた圧がスッとなくなった。

目を開けると、水は透き通っており、元の泉へと戻っていた。

泉から出た俺を、神獣たちが出迎える。彼らは明るい声で吠え始めた。

俺のことをよく知らないと言ったレト・ラも、その中に加わっており、どうやら神獣たちに認めてもらえたのだと理解する。

神獣たちの棲処に、遠吠えがこだました。

——私の言葉を信じてくれてありがとう、アルフ。

俺は駆け寄ってきたイテカ・ラを抱きしめた。柔らかい毛が心地よい。

不思議なことに、俺の体は泉の水で濡れていなかったし、泥のようなものもついていなかった。

『神狼の主』になるための儀式も、どうやら無事にクリアできたらしい。

儀式を終えた俺は、神獣の主から頭に触れるように言われた。

――アルフ・ギーベラート。そなたに神狼の主としての力を授ける。

神獣に触れている手から、温かいものが流れ込んできた。

本能的に、それが彼女の慈愛《じあい》なのだと分かった。

主として、守るべき神獣たちに抱いた温かい気持ち。そしてその愛は、ただの感情ではなく、力でもあった。

――これで私が持つ全ての力は、あなたへと渡りました。ここにいる神狼たちは、あなたの意思に従います。どうか可愛がってあげてください。そして、彼らを必要としてあげてください。主の望みに応えることは、彼らの本能であり、喜びです。遠慮することなく、彼らを頼ってください。

俺は周りを見た。

イテカ・ラや、彼が狩りの時に率いていた灰色の狼たち。

それから黒くてふわふわの毛玉みたいな小さな狼たち。

新たに俺を認めてくれたレト・ラとその他の狼たち。

「これからよろしくね、みんな」

俺の言葉に応えて、周りを囲んでいた全ての神獣たちが美しく鳴いた。

『預言者』スキルのおかげで、これまでも言葉だけは通じていたが、主から授かった力のおかげで、今はつながっているという感覚がより強まっていた。

俺は主に礼を言って、神獣たちと巣穴の外へ向かった。

幼い狼たちは、俺の周りを歩きながら元の主の方を不思議そうに見つめていた。

純白の神獣は体を地面に伏せて、穏やかな瞳で幼い子狼たちのことを見つめ返した。

その真っ白な体のふちが、小さく光りはじめる。

神獣の輪郭《りんかく》が曖昧《あいまい》に揺れて、今にもこの世界を離れようとしているのが分かった。

「さようならだ。行こう」

俺の言葉を聞いた幼き獣たちが、ちょこちょこと木の出口へと向かっていく。

――ありがとう、アルフ。

白き神獣は微笑みを浮かべたまま、光となって消えていった。

俺はその様子を最後まで見届けてから、大木を出た。

穴の外で待っていた神獣たちの中から、イテカ・ラが俺のもとに近づいてきた。

――行こう。我が主、アルフよ。

「ええ」

俺はイテカ・ラの背に乗った。そして狼たちを引き連れて、森を離れるのだった。

教会へ到着すると、その場にいた女性や子供たちが出迎えてくれた。

いつもの五頭だけではなく、新しく二十ほどの小さな獣たちが増えたのを見て、みんな驚いていた。

俺はその場で森であったことを話した。

「……というわけなんです。それで、この神獣たちにもこの教会で暮らしてもらいたいと考えているんですけどいかがでしょうか？」

最後にそう尋ねると、みんなは心から喜んでくれた。

教会で暮らす仲間に神獣たちが加わり、生活はどうなるかと思ったが、意外にも問題は生じなかった。

神獣たちが知性を持っていること、俺が彼らと意思疎通を図れることの二つが大きいだろう。

言葉を理解していない小さな神獣たちにも、主から授かった力で簡単にこちらの考えを伝えられたので、苦労はしなかった。

日が沈むと、幼い獣たちを教会に残して、イテカ・ラを筆頭にした体の大きな五頭は狩りへと出かけた。

イテカ・ラによれば、彼らは大人になるにつれて、少しの睡眠で十分に体を休めることができるようになるのだという。

とはいえ、毎晩森へ出かけるのは大変だろうと思った俺は、畑の実で食べられるものは食べてもいいよと伝えた。

茶色い瓜の形をしたムシャムシャの実が肉の代わりになるとあって、狼たちも喜んでくれた。

代わりに、一晩の狩りで食べきれないほどの魔獣が得られた時には、俺たちの方がおすそ分けしてもらうこともあった。

俺の『保管庫』スキルで、余った肉を腐らせずに保存できるし、神獣たちも狩りの回数を減らせるしで、いいことづくめだ。

食卓にも、ダテナさんの絶品肉料理が並ぶようになった。

神獣たちと一緒に生活することになって、教会の雰囲気も一層明るくなった。

大人たちは、幼い狼たちの黒くふわふわの毛を撫でて、癒されているようだ。

子供たちは成獣の背に乗せてもらって、きゃっきゃと笑いながら、畑を駆けて楽しんでいる。

気配を感じて教会の鐘を見上げると、屋根に腰かけたリアヌンが、人と神狼の戯《たわむ》れる姿を見て、嬉しそうに微笑んでいた。

そんな光景が日常になると、みんなが感じている幸福の影響か、神力も今まで以上の勢いで溜まっていった。

俺は溜まった神力を利用して、新たにスキルを授かることにした。

スキルの合言葉は『傷《きず》を癒《いや》す』。

神力を消費することで、傷や怪我を治療できるスキルだ。

神狼たちは自然治癒力も高く、狩りを行った後でも、ほとんど怪我をすることなく森から帰ってきた。

　しかし万が一の備えとして、この回復スキルを授かっておこうと考えたのだった。

第二話　天職でみんなを強化！

　翌朝、俺は教会主の間に置かれたふかふかのベッドで目を覚ました。

「うーん。やっぱりちゃんとしたベッドで眠るの大事だな……」

　以前は、最低限の毛布や床さえあればどこでも眠れる体質だと思っていたけれど、ここのベッドで眠るようになってから、体の軽さや気分の良さがはっきり違っていることが分かった。

　女神像に向かって、俺は日課となっていた感謝の祈りを捧げる。

　それから女神像に触れて、授かることのできるものを確認した。

　スキルの獲得と教会の拡張。

　ここ数日で、授かることのできるものが一段と増えている。

「おっ」

　目の前に浮かぶミニチュア模型《もけい》のようなリアヌの聖院を眺めていた時、俺は新たに授かれるようになった聖具の中に、役に立ちそうなものをいくつか見つけた。

「これにしてみよう」

神力を消費すると、いくつかの聖具が目の前にどさどさと現れる。

収納スキルを使用して、それを『保管庫』の中におさめると、俺は部屋を出た。


さっそく聖具を渡そうと俺が向かったのは、調理の間だ。

そこにいたダテナさんに、声をかける。

「おはようございます、ダテナさん」

「おう。おはよう、アルフ」

「ダテナさんにちょっと見てもらいたいものがあるんですけど、いいですか？」

「ああ」

俺は調理場を見回してから、ダテナさんを連れてスペースが空いている隅に移動した。

『保管庫から取り出す』

収納スキルの合言葉を唱えて、先ほど授かったばかりの聖具を部屋の隅に取り出す。

「おぉ……」

目の前に現れた謎の物体を、ダテナさんは興味深げに見つめた。

「これは戸棚……もしかして聖具の一種か？」

「当たりです」

見た目に特徴があったからかもしれないが、勘の良いダテナさんは聖具だと一目で分かったらしい。

黒い、石みたいな素材でできた戸棚のような家具。

左右に開く正面の戸には、目を閉じて眠る獅子《しし》の姿が彫刻《ちょうこく》されていた。

試しにその戸を開けてみるが、中には、高さを仕切るための板が入っている。

板は、戸棚の溝に差し込まれているだけだったので、取り外すことも可能だ。

俺はダテナさんに、その聖具について説明した。

「これは『保存の棚』と呼ばれる聖具なんです。名前の通り、中に物を入れて保存するんですが、この戸を閉じれば時間の経過がなくなるので、新鮮なまま食材を保存することができます」

「おおっ、それは便利だな」

ダテナさんが目を輝かせた。

「食材や料理を置いておくのに使ってください」

これまでは、すぐに腐ってしまうようなものは、俺がスキルを使って保管していたが、毎回近くに俺がいるとも限らない。

俺の『保管庫』スキルと違って、この聖具は入れられる物の量に限りがあるけれど、それでも中の仕切り板をうまく使えば、それなりの物が入られるはずだ。

「ありがとう。使わせてもらうよ」

ダテナさんは、描かれた獅子を指でなぞったり、戸を開け閉めしながら、にこやかな表情を浮かべた。

喜んでもらえて何よりだ。

「では、また後で」

「そうだ、アルフ」

俺が調理場から出ようとしたところで、ダテナさんに引き留められた。

「どうしました？」

「スキルでスープを出してもらってもいいかな」

「分かりました」

『白いスープを』

スキルの合言葉を唱えて、ダテナさんが差し出した大鍋に白いスープを流し込む。

「ありがとう」

ダテナさんは鍋の蓋《ふた》を閉めると、それをいそいそと戸棚の中に入れ、朝食の準備を始めた。

俺は作業の邪魔をしないように、小さく挨拶だけして調理の間を後にした。

「もう一つ授かった聖具があるけど……これは朝食の後だな」

俺はそう考えて、大広間へ向かった。

そこからはいつもと同じ朝の過ごし方だ。

大広間で、その場にいた人たちと挨拶を交わしてから、祈りを捧げる。

それから、畑でしばらく収穫作業を手伝ったあと、みんなで食堂に移動し、食卓を囲んだ。

ダテナさんがつくってくれた豪華《ごうか》な朝食を前に、食前の祈りを捧げる。

それからダテナさんにお礼を言って、朝餐会《ちょうさんかい》を始めることにした。

ダテナさんに頼まれて出した白いスープは、コクのある野菜スープへと変わっていた。一口飲むと、口の中に広がる旨味に、思わず言葉が漏れる。

「美味しい……」

「そうか、良かったよ」

ダテナさんが目を細めた。

歓談《かんだん》しながらの食事を終えると、一部の人が張り切って立ち上がった。

「よし、行こう」と、彼らは食堂を出ようとする。

畑を任せている人たちの中でも、一際《ひときわ》熱心に作業しているメンバーだ。

そんな彼らを呼び止めてから、俺はみんなに声をかけた。

「あっ、すみません。この後、ちょっといいですか？　実は、皆さんと一緒にやりたいことがあるんです」

全員が不思議そうに、顔を見合わせる。

「はい、なんでしょうか？」

代表して、俺と同じ年頃の青年のダーヤが尋ねた。

「昨晩、リアヌ神とお話させていただいたところ、私たちがこの教会で楽しく生活していることを大変喜ばれていました」

「おぉ……」

みんなから、自然と感動の声が上がる。

俺は言葉を続けた。

「そして、皆さんの日頃の祈りを通じて、新たに素晴らしい聖具を授かることができました。このあとその聖具を使って、望む方に、『天職《てんしょく》』というものを賦与《ふよ》させていただこうと思います」

「天職、ですか？」

「はい」

俺はそのまま天職と、これから行いたい『天職賦与《てんしょくふよ》』の儀式について説明した。

説明の途中では、何度も「おお」というどよめきや、「そんなことが……」という驚きの呟きが漏れ聞こえた。

内容が明らかになり、みんながわくわくしている雰囲気が伝わってくる。

「では、広間に移動しましょうか」

説明を終えた俺は、楽しそうにしている人たちを連れて、大広間へと向かった。

広間に到着すると、俺はスキルの合言葉を唱えて、聖具を出した。

『保管庫から取り出す』

目の前に、高い背もたれのついた一脚の椅子が現れる。

それは『聖《せい》なる椅子《いす》』と呼ばれる聖具だった。

がっしりとしたつくりで、やたらと厳格な雰囲気を漂わせる椅子に、俺はそのまま腰かける。

「では順番に、私の前へお願いします」

俺はみんなに声をかけて、聖なる椅子に座った自分の前に列をつくってもらった。

先頭に来たのは、先ほど俺に質問してくれたダーヤ。

彼は思慮《しりょぶか》深く、率先《そっせん》して物事を進められる青年だ。

俺がダーヤの両手を握ると、ちょうど女神像に触れた時のように、彼の周りに光の玉が現れた。

その光の玉には、ダーヤに適している天職のイメージが浮かんでいる。

その中から最も大きく感じられるものを選んで、声に出して宣言した。

「ダーヤ。リアヌ神の御力《おちから》により、汝《なんじ》の天職『教会《きょうかい》の守り人《もびと》』を授ける」

天職付与とは、その人が持っている性質に応じた異なる『天職』を授けることができる儀式だ。

『天職』を授かると、その職に応じた『固有スキル』が使えるようになる。

この固有スキルというのは、俺がこれまでリアヌンから授かってきたものと同じように、神力と引き換えに、何らかの効果を発揮するタイプのものが主だった。

一方で、特定の行動をした時に、その人の身体能力などが向上するといった、その人自身を強化するスキルもあった。

それ以降も天職を授かった人の働きに応じて、固有スキルが強化されたり、新たな固有スキルが得られたりという変化も起こるのだとか。

また場合によっては、天職自体が変わったり、ランクアップしたりもするらしい。

ダーヤの後も、俺は並んでいた人に天職を授けていく。

どの人にも二、三個の天職候補が確認できたが、俺は現段階で最も性質的に合っているもの、その人の興味や意欲が強く表れているものを選んだ。

結果として、最も多かったのは『誠実《せいじつ》な働《はたら》き手《て》』という天職だ。約半数の人たちが授かっていた。

教会に集まってくれたイスムの人たちが、みんな熱心に働いてくれる人だということは、これまでの生活の中でよく分かっていたから、これには納得だ。

健《すこ》やかに働くことが、一番の大きな喜びにつながっているという気質の持ち主たちが授かった、この天職。固有スキルは、『本人が望む労働に従事している時、基礎的な身体能力が強化される』という強化型の内容だった。

天職を授けながら、畑仕事などで中心的な役割を引き続き担《にな》ってもらいたいと伝えると、彼らはとても喜んでくれた。

続いて多かったのは、『敬虔《けいけん》な信徒《しんと》』という天職。

神に祈ることや、神の導きを信じることによって、自分の存在意義を確かめる人たちだ。

彼らには、『祈りによって溜まる神力が他の人より大きくなる』という固有スキルが与えられていた。

イスム地区で、まだ出会えていない人や助けられていない人を救っていくためには、今後もっと多くの神力が必要になるだろう。

教会全体でより多くの神力を消費していくことが想定されるので、みんなの生活を維持するためには欠かせない天職の一つだった。

ロゲルおばあさんを筆頭とした『敬虔な信徒』たちには、今後も、祈りを捧げるなど神と関わる時間を、遠慮することなく大切にしてもらいたいと伝えた。

三番目に多かった天職は『無垢《むく》な遊戯者《ゆうぎしゃ》』というもので、子供たちに多く見られた。

未知のことや新しいものに強い興味を示し、世界に対して純粋な心を開いている人に、よく現れるようだ。様々な天職に変化する可能性を秘めているらしかったが、今のところ、授かっている固有スキルはなかった。

この子たちには、色々な経験を経て、それぞれのペースで自分に合う天職を見つけてもらうのが良さそうだ。

それらとは異なる天職を授かった人もいたが、かなり人数が少なかった。

また固有スキルが特徴的なものだったため、この後、天職ごとに個別に集めて話をすることに決めた。

こうして、初めての天職賦与の儀式は、ひとまず終了。

体を動かしたいとうずうずしている働き者たちには、そのまま種を渡して畑の種まきの時間を。

改めて感謝の祈りを捧げたいと考えている人たちには、祈りの時間を。

それぞれ過ごしてもらうことにした。

遊んだり、ちょっと息抜きしたいという子供たちには、自由に遊んでいいよと伝えて、送り出す。

そして、俺は広間に残ってもらった少数派の天職を授かった人との相談を始めるのだった。

俺が確認したかったのは、彼らが授かった固有スキルについてだった。

まずは『清《きよ》める者《もの》』という天職を授かった人から話を聞く。

面倒見がよくて、子供たちのお母さん的な存在になっているエデトさんとレイヌさん。

物静かで、みんなの話を聞きながら穏やかに笑っている印象がある、タルカ・トルカ兄弟。

この四人が『清める者』になった人だ。

エデトさんとレイヌさんは、三十歳半ばくらいだろうか。はっきり年齢を聞いたわけではないので分からないが、見た目はそれくらいで子供に慕《した》われている二人だ。

小柄だが、子供たちを両脇に抱えて走り回っている光景をよく見かける。

タルカ・トルカ兄弟は双子ではないらしいのだが、二人とも二十歳くらいの歳で、同じ赤毛だ。

笑っている顔や柔らかな物腰がそっくりだった。

一目で分かる違いといえば、兄のタルカの方が少しだけ背が高く、弟のトルカの方が赤毛のくりくりした癖《くせ》が強いことくらいだ。

四人を一カ所に集めて、彼らの頭上に浮かぶスキルの玉を確認する。

彼らの固有スキルは、神力を消費することで物の汚れを落とすことができるという浄化スキルだった。

スキルを授かった四人と話し合って、発動時の合言葉を『汚《よご》れを落《お》とす』というシンプルなものに定める。

「では、実際に使ってみましょうか」

四人ともスキルが使えるようになったという実感があまり湧いていないようだったので、俺はそう提案した。

広間にいる他の数名に待ってもらうようにお願いしてから、俺たちは教会の外へ出た。

それから俺は『保管庫』から適当な衣類を取り出して、土で汚す。

「この服に意識を集中させて、先ほど取り決めた『汚れを落とす』という言葉を、頭の中で呟いてみてください」

汚れた服を受け取った四人は、顔を見合わせて戸惑《とまど》いの表情を浮かべた。

だが、やがてその顔に驚きと明るい笑みが広がる。

彼らが意識を集中させると、まるで水を浴びた後の犬のように、衣類がぶるぶると震える。

そしてべっとりとついていた土が綺麗さっぱり取り払われた。

綺麗になった服を見て感動している四人に、俺はみんなの衣類の汚れ落としをお願いしたいと伝えた。

聖水でも汚れを落とすことはできるのだが、乾かす手間を考えると、彼らが授かった浄化スキルの方が便利だと思った。

それに衣類の量も多くなるだろうし、汚れを浄化できる人の手はなるべく多く借りたいところだ。

そのことを話すと、四人は「喜んで」と頷いてくれた。

再び広間に戻って、俺は別の転職を授かった人と話す。

目の前にいたのは、ダテナさん。

料理をすることで磨かれていく天職――『腕利《うでき》きの料理人《りょうりにん》』を唯一賦与されたのが彼だった。

「すみません、いつもみんなのものを一人でつくってもらって申し訳ないのですが……」

俺がそう謝りながら切り出すと、ダテナさんは朗《ほが》らかに笑う。

「俺からすれば、面倒な人間関係もなく自由に料理ができて、しかもそれだけで生活させてもらえるなんて、夢のようだけどな」

『腕利きの料理人』の固有スキルは、頭でイメージした調味料や香辛料《こうしんりょう》を取り出すことができるという、なんとも珍妙《ちんみょう》な内容だった。

スキルの力を説明すると、ダテナさんが信じがたいと眉《まゆ》を顰《ひそ》めた。

俺もそんなスキルは聞いたことがなかったので、説明しながらダテナさんと同じ気持ちになる。

ひとまず、エデトさんの時と同じように、聖椅子に座って合言葉を定めた。

合言葉は『望みの調味料を授かる』だ。

ダテナさんにさっそく心の中で唱えてもらうと、彼の大きな手の上に、さらさらと砂粒《すなつぶ》のようなものが現れた。

すぐに匂いを嗅《か》いで、恐る恐る口に含むダテナさん。

「しょっぱい……！」

彼はガバッと顔を上げると、感動した様子でそう言った。

「ありがとう、アルフ。ありがとう、女神よ……！」

俺とリアヌンに力強く感謝の言葉を述べると、ダテナさんはいてもたってもいられないという様子で調理場へと消えていった。

聖火や聖水と比べるとより大きな神力を消費するから無駄遣《むだづか》いはできないが、ダテナさんの料理がさらに美味しくなるのは疑いようもなかった。

ダテナさんが出ていった広間で、最後まで残っていた二人を俺は近くに呼んだ。

「君たちは『教会の守り人』を授かったんだよね」

俺がそう確認すると、二人が頷いた。

この天職を授かったのは、先陣を切って天職賦与の儀式を受けてくれたダーヤと、控えめな性格ながら子供たちの面倒見がいいレンナだ。

彼らを最後まで残していたのは、その固有スキルの中身が理由だった。

魔物相手に練習した方が良いスキルだったため、教会周辺では試せないのだ。

どうしようか考えた末に、俺は教会の前で寝そべっていたイテカ・ラたちに声をかけた。

「休んでいるところごめんね。ちょっとお願いがあるんだけど」

俺が声をかけると、神獣たちはすくっと起き上がり、美しい緑の瞳でじっとこちらを見てきた。

——なんでも言ってくれ。我らが主、アルフよ。

「俺とこの二人を乗せて、今から森へ連れていってもらいたいんだ」

——お安い御用だ。乗ってくれ。

イテカ・ラに快諾してもらって、俺たちは神獣の背に乗る。

「わっ……！」

レンナは、試しに乗せてもらった神獣の上で、緊張の面持《おもも》ちだ。

少しでも動こうものなら、右へ左へと大きく揺れてしまうので、今にも落っこちてしまいそうだ。

「きゃっ！」

俺は慌てて、彼女の体を支えた。

「す、すみません……」

ている。

「最初は難しいよね」

とはいうものの、同じく初めてまたがったというダーヤは、神獣が軽く走ってもうまく体を預け
そんなレンナの様子を見かねたのか、近くにいたマリニアが一頭の神獣に近づきながら言った。

「レンナちゃん、こうやって乗るんだよ！」

体を一段と低くした神獣の背中にぴょんと乗ると、マリニアは苦もなくバランスをとった。

「神獣さん、歩いてみて」

マリニアの声に、合点だとばかりにとことこ歩いてみせる神獣。

普段から遊びで乗せてもらっているだけあって、彼女と神獣の息はぴったりだ。

「ありがとう。とっても良い子ね」

神獣から降りると、マリニアは柔らかい毛に体を埋めるようにして愛情を伝える。

それからレンナに近付くと、「分かった？」と首を傾げる。

「うん。やってみるね」

少女に促され、再び神獣にまたがるレンナ。

だがやはり、突風にあおられてでもいるかのように、体がぐらぐらしていた。

――すまない、アルフ。

レンナをうまく乗せられないことに責任を感じてか、イテカ・ラが謝った。

「いや、イテカ・ラのせいじゃないよ」

俺は彼の体を撫でて、それから思いついたことを提案した。


それからダーヤたちが神獣に乗る練習に付き合い、俺たち三人と五頭の神獣は教会を出発した。

「行ってきます！」

「行ってらっしゃいませ！」

見送ってくれる人たちの挨拶を背に、イテカ・ラを進ませる。

イテカ・ラには俺の提案通り、俺とレンナの二人で乗せてもらっている。

レンナが前に乗って、俺がそれを後ろで支える形だ。

速度もいつもよりとてもゆっくりめにしてもらっている。

しばらく慣れて大丈夫そうになったら、スピードを上げてもらうという心づもりだった。

「すみません、アルフ様……」

前に座るレンナが、しょんぼりとこぼす。

「気にしなくていいよ」

隣の神獣に乗っているダーヤも、レンナを励ますように頷く。

イテカ・ラたちがゆっくりと歩いてくれているおかげで、会話するのも難しくなかった。

俺はせっかくなので、二人に最近の教会での生活について話を聞くことにした。

ダーヤは畑での仕事やそこでの大人たちとのやりとりを、レンナは子供たちの最近の様子を聞かせてくれた。

みんなが元気で楽しく暮らしていることが分かって、俺は嬉しくなる。

「アルフ様には本当に感謝しています」

二人は話の節々《ふしぶし》でそう言ってくれた。

嬉しかったけれど、あまり気にしないで欲しいと伝えた。

俺だって、みんなにはお世話になっている。お互い様だ。

しかしダーヤは、そのまま熱のこもった目で俺を見て言った。

「我々にできることがあれば、何でも言ってください」

いつもやってくれていることだけで、これ以上何も望まないというのが、率直な気持ちだったが、ダーヤは何か言ってほしそうにしている。

せっかくならその気持ちを無下《むげ》にしたくない。

何かないだろうかと考えた末に、一つ閃《ひらめ》いた。

あ、そうだ！

「俺のことをアルフって呼んでくれないかな？」

「「え？」」

俺はそのまま、いつもみんなから「アルフ様」や「神官様」と呼ばれていることに対して違和感があるのだと話した。

みんなの中では年下の方だし、神官の身分なんて飾りみたいなものだ。

対等ならまだしも、俺の方が一方的に敬《うやま》われるのは違うんじゃないかと、日頃思っていることを二人に伝える。

「それは失礼いたしました。しかし我々は、アルフ様にとてもお世話になっておりますし、みんなも納得して、そう呼ばせていただいていると思うのですが……」

ダーヤにそう言われた時、俺の頭の中に、ある台詞《せりふ》が浮かんだ。

「『かたっくるしいのなんて大嫌い』なんです」

初めて会った時に、リアヌンから言われた言葉だ。

思い出して、少し笑ってしまう。

ここに来てようやく、女神様の気持ちが少し分かった気がした。

さすがにあだ名で呼んでもらおうとまでは思わないけれど、もう少し気さくに接してほしい気持ちはある。

最終的に、俺たちは互いに敬語を使うことはやめようという話で落ち着いた。

神狼の主になってから、イテカ・ラにも以前ほどのかっちりとした敬語を使わないようになっていた。それは神獣たちに対して、家族と似た親しさを覚え始めたからだ。

ダーヤやレンナともすでに家族同然なのだから、イテカ・ラたちと同じように、これからそんな関係が築ければと思った。

最初のうちは、敬語を外してその感じで話してみると、互いに照れくさかったり、会話がちぐはぐになったりした。

しばらく話しているうちに、レンナも神獣での移動に慣れてきたようだった。

「少しスピードを上げてもらっても大丈夫そう？」

レンナに尋ねると、彼女は「うん」と小さく首を縦に振った。

ダーヤの方を見ると、彼もはっきりと頷く。

「イテカ・ラ、お願いできる？」

――分かった。少しずつ速度を上げよう。

「ありがとう」

イテカ・ラは背中に乗っている俺たちを気遣いながら、段階的にスピードを出す。

レンナが落ちてしまわないよう、俺は後ろからしっかりと支える。

森へ向けて、イスム地区を進んでいく神獣たち。

段々と動きに勢いがついてきたけれど、それでも俺だけで移動した時ほどではない。

森までもまだ遠いし、このペースだと目的地にたどり着くのは難しそうだ。

俺は内心でそんなことを考え始めた。

だがスキルが練習できなかったとしても、二人とはコミュニケーションがとれたし、それだけでも収穫だ。

そう自分に言い聞かせていると——

——アルフ。

イテカ・ラが俺の名を呼び、歩みを緩めた。

——魔物だ。

通りすがったゴミの山のかげから、複数体の魔物が現れた。

「よしっ」

俺は思わず拳《こぶし》を握りしめそうになった。

意外なところで問題が解決したな。

森に入ったわけでも、魔物が活発な時間帯でもないのに、こんな近場で魔物に遭遇できたのは運が良い。

しかも、おあつらえ向きにかなり弱い相手だ。

「ガージゲだ」

丸い岩のような体から、ひょろひょろと黒い足が生えている。

どこにでも出てくると言われるほど身近な存在だったので、鑑定スキルを使わずとも何の魔物かすぐに分かる。

身の周りのもので体をつくるという奇妙な習性を持つ魔物。

まれに街の中でも出くわすことがあり、ゴミを漁《あさ》ったり、拾った物を投げてきたりと悪さはするが、わずかな魔力しか保持していない。

多くの人からは、うっとうしい虫くらいにしか思われていない、可哀想《かわいそう》な扱いをされる魔物だった。

遠くの方でも二、三体がふらふらしていたが、こちらの存在に気が付いて寄ってきたのは、とても小さな一体だけだった。

「ダーヤ、レンナ」

二人に声をかけて、神獣から降りるように身振りで伝えた。

「スキルを試してみよう。二人とも、隣に来て」

神獣たちの前に出てそう伝えると、緊張した面持ちのダーヤとレンナが、俺の隣に立った。

「きゃっ！」

ガージゲが、レンナに向けて地面の石を投げつけてきた。

俺はすかさず風魔法でシンプルにはたく。

「ごめんなさい……」

声を出したことを恥じるように、レンナが謝る。

大丈夫……と言いかけた俺の声を遮《さえぎ》って、五頭の神獣たちが一斉に吠えて、ガージゲを威嚇《いかく》し始めた。

——我が主に何をする！

「みんな！　俺は大丈夫だから」

今にも飛びかからんばかりの神獣たちを、俺は慌ててなだめた。

あまりにも実力差のある神獣たちから吠えられたガージゲが、針金のような足を震わせて、その場に固まっている。

「どっちから試す？」

遠くにいたガージゲが早くも仲間を見捨てて、すごすごと逃げようとしていた。

まずいな……逃げられてしまっては、スキルの練習ができない。

二人に尋ねた。

「僕からいっていいかな」

ダーヤが一歩前に出る。

「分かった。それじゃあ、合言葉を唱えてみて」

そしてダーヤが頷いてから、小さく呟いた。

『聖蜂《せいほう》を呼び出す』

心の中で念じるだけでも大丈夫だよとは伝えたけれど、初めてスキルを使うわけだから、緊張しているのかもしれない。

ダーヤの低い呟きに応じて、彼の目の前に光が現れた。

『教会の守り人』が授かった固有スキルは、『聖蜂』という存在を呼び出すスキルだった。

「蜂」という名がつけられているが、厳密には生き物ではない。『聖水』や『聖火』と同じで聖属性を持つ現象であり、『聖蜂』は光だった。

なぜ蜂と表現されているのか、はっきりとした理由までは分からなかったが、確かにその光は蜂を思わせる形や動きをしていた。

現れた光は小さな粒状になって、空中で不安定に揺れ動いている。

目の前に浮かぶそれを、呼び出した当人であるダーヤが不思議そうに見つめていた。

「ダーヤ、『聖蜂』をあの魔物に向かわせられる？」

ガージゲはなおも吠えられた恐怖が解けないのか、長い足をぶるぶる震わせたまま、同じ場所で突っ立っている。

「えっと……」

ダーヤが戸惑う。

聖火や聖水などは合言葉一つで出現させられて、意思によってコントロールできる。俺からすれば魔法よりもスキルの方が直感的に扱うことができて、思い通りにしやすいという印象だ。

だが、よく考えるとダーヤとレンナの二人はそもそも魔法を使ったことすらない。

魔物がいないと『聖蜂』の真価が発揮されないとはいえ、ここに来る前に簡単な練習だけでもしておいた方がよかっただろうか。

戸惑っているダーヤに申し訳なく思いつつ、俺は一声かけた。

「ダーヤ、神様に祈る時のように気持ちを集中させてみて。『聖蜂』にどう動いて欲しいかを、強く念じるんだ」

「祈るように……」

ダーヤは揺れ動く光の粒を目で追いながら呟いた。

するとダーヤの前に浮かんでいた光の粒の群れが、ざわざわと動きはじめる。

自分たちの役割を思い出したかのように、『聖蜂』たちが迷わずガージゲに向かっていった。

対して恐怖に囚《とら》われた哀《あわ》れな魔物は、何もできずにただ突っ立っている。

ガージゲがあっという間に、光の粒に取り囲まれた。

「アルフ、これくらいの距離なら……」

「うん。いいと思う」

ダーヤの口元が緩み、肩に入っていた力も抜けたようだ。

魔物を取り囲んだ『聖蜂』が、パチッ、パチッと軽い音をたてて、次々に消えていった。

光を戻す時の合言葉——『聖蜂を送り返す』をダーヤが心の中で唱えたようだ。

全ての光の粒が消えた後、その中にいたガージゲは、何事もなかったかのように立っていたが、それも一瞬。

突然ぐら、ぐらっと左右に揺れて、その場にばたりと倒れた。

俺たちはガージゲに駆け寄る。

「わぁ……」

ガージゲは、長い足をぴくぴくさせていた。

身近な魔物ではあるが、こんなに近くで見たのは初めてだ。

無防備にひっくり返っているので、胴体である岩と、黒い足がつながっている部分まではっきりと見ることができた。

落ちている物で体をつくる魔物、ガージゲ。見れば見るほど、奇妙な存在だった。

「効いてるね」

俺がそう言うと、ダーヤがほっ、と息を吐いた。

ダーヤが出した『聖蜂』の力は、相手を酩酊《めいてい》に似た状態に陥《おちい》らせること。

『聖蜂』を送り返す直前に近距離にいた対象を、フラフラにして行動不能な状態にするのがこのスキルだ。意識をふわふわと温かい状態で満たし、体の自由を一時的に奪う。

実際に酔いが回っているわけではないので、一時的な状態異常に過ぎないが、足止めには十分だ。

ガージゲを見ながら、レンナが首を傾げる。

「どれくらいこの状態が続くの？」

「どうだろう。しばらくは立ち上がれないと思うけど……」

天職に関わる行動を繰り返すことで、固有スキルは強化されていく。

まだダーヤは天職を授かったばかりで、今初めて使ったばかりなので、低級の魔物相手とはいえ、

『聖蜂』の効力はそれほど強くはないだろう。

ガージゲは、足をもぞもぞと動かしている。

しゃがんでいた俺は立ち上がり、二人に声をかけた。

「せっかくだし、もう少し練習してみようか」

仲間を見捨てて、せっせと遠くに逃げようとしているガージゲたちを指差しながら、俺は言った。

「うん」

「そうだね」

スキルを使えることに興奮しているのか、ダーヤとレンナは頬を紅潮《こうちょう》させた。

そして揃ってやる気に満ちた目で頷く。

足の遅いガージゲには、軽く走るだけで追いついた。

「じゃあ、次はレンナだね」

「うん。やってみるね」

ダーヤが先にやったことを見ていたからか、レンナは一度目から難なく『聖蜂』を扱った。

レンナの送り返した『聖蜂』の力を受けて、ガージゲが地面に倒れる。

スキルがうまくいくと、レンナがぱっと顔を明るくして、こちらを振り向く。

普段は恥ずかしがり屋で、控えめなところのあるレンナが、あまりに嬉しかったのか、ストレートに喜びを顔に表しているのが、微笑ましかった。

「いい感じだ。どんどんやっていこう」

「「うん！」」

近くにいたガージゲを練習相手に、二人は『聖蜂』の扱いにぐんぐんと慣れていった。

『聖蜂』の呼び出す量を多くしたり少なくしたり、あるいは『聖蜂』を空中で待ち伏せさせて、そこに魔物が飛び込んできたタイミングを見計らって送り返したりと、色々な使い方を試していた。

ガージゲが力の弱い魔物だからということはもちろんあるだろうけれど、『聖蜂』の力は面白いくらいに通用した。

その場にいたガージゲを倒して、周辺をしばらく神獣たちと歩き回る。

鮮やかなオレンジ色の皮膚《ひふ》を持つ蛇《へび》の魔物——クロックラが、別の茂みの中から姿を現した。

群れで行動しているらしく、茂みの中から一匹、また一匹と、次々に現れてくる。

ガージゲと違って攻撃してくる危険性があるので、二人にはある程度離れたところからスキルを使ってもらった。

二人の前に、小さな光の粒が現れる。彼らが放った『聖蜂』が生きた蜂のように動いて、蛇の群れに向かっていった。

茂みから出てきて、こちらににょろにょろと這《は》い寄《よ》ってきていた蛇たちが、その場でばたばたと動かなくなる。

近づいてみると、完全に行動不能になっていた。

「いい感じだね」

俺がそう言うと、二人は表情を緩めて、照れたような、安堵したような笑みを返してくれた。

俺はそのまま風魔法で蛇の首を落として、力尽きた魔物を次々と収納スキルで回収していった。

クロックラは以前食べたが、とても美味しくて、それ以降見つけた時には収穫しているのだ。

「じゃあ、そろそろ帰ろうか」

「うん」

「分かった」

一仕事やり終えて、晴れやかな顔をしているダーヤとレンナとともに、俺は神獣たちの背に乗って教会へと帰るのだった。


教会に着くと、畑にいたみんなが出迎えてくれた。

「「「おかえりなさい、アルフ様」」」

「ただいま帰りました。遅くなってすみません」

俺はそう言ってから、集まってくれた何人かが鍬《くわ》を持っていることに気が付いて尋ねた。

「どうかされたのですか？」

鍬を持っていた一人が、俺の質問におずおずと答える。

細身で高い声が特徴のロップという人だ。

「アルフ様からお預かりした種をまき終わりましたので、他に何かできることはないかと話し合ったのです。授かった天職のおかげで、体力も有り余っていましたから」

ロップの言葉に、周りの人たちが同意して頷く。

どうやら彼らが得た『誠実な働き手』の天職の効果が、さっそく発揮されているらしい。

「それで、鍬を持っている者が何人かおりましたから、それを使って、畑の周りを耕しておりました。種がまける場所を広くできないかと思いまして」

「ああ、そうだったんですね！　ありがとうございます」

お礼を伝えると、ロップは照れたように笑った。

「どんな風になったか、見せてもらってもいいですか？」

「はい！　ぜひ確認をお願いします」

彼に案内されて畑に向かい、周りを見る。

確かに、かたくなった土がほぐされていた。

もともと雑木林だった場所からはみ出した部分だから、土の状態は畑と違って、より黄色で質感もぱさぱさした感じだった。

せっかく耕してもらったのだからこの場所も使いたいが、はたしてこんな土の状態でも育つのだろうか？

スキルで授かった気まぐれな種は、毎日同じ場所にまいているのに、当たり前のように実をつけているし、畑が痩せていく様子もない。

最初はまいていた聖灰《せいはい》も、いつの間にか無くても育つようになったし、悪条件でも問題ない種なのかな。

それとも、出す量に応じて神力を消費する聖火や聖水と似た感じで、成長に必要な栄養分を、神力を消費して補っているとか？

そうだとしたら、このぱさぱさの土でも育つ可能性はある、のかな……？

隣を見ると、ロップをはじめ、鍬を持った人たちが心配そうな顔で俺を見ていた。

「どうでしょうか……？」

少し険しい表情になっていただろうかと反省し、俺は表情を緩めて頷いた。

「土の具合が違うので十分に育つかは分からないのですが、とりあえず種をまいて、明日どうなるか見てみたいです。試してみてもいいですか？」

「ええ、ぜひお願いします」

彼らはほっとした顔で頷き合った。

俺は畑にいた人たちと一緒に、彼らが新たに耕してくれた部分に種をまいていった。


作業を終えた後は、入浴の時間になった。

リアヌの聖院に設置された、二つの大浴場。

公衆浴場のように広々としており、全員が同時に入っても、窮屈《きゅうくつ》な思いをすることなく湯に浸《つ》かることができる。

畑の土や汗で汚れた衣服は、『清める者』の天職を持った四人の浄化スキルで綺麗にしてもらった。

お風呂から出たあと、彼らだけにその仕事を押し付けるのはさすがに心苦しかったので、俺も魔法で手伝おうと思ったのだが――

「せっかく素晴らしいスキルをいただいたのです。私たちにやらせてください」

エデトさんに断られてしまった。

「ほら、見てください」

四人が浄化スキルを使っている様子を見ていると、レイヌさんに呼びかけられた。

彼女が指さした方を見ると、赤毛のタルカ・トルカ兄弟の周りに子供たちが集まっていた。

先にお風呂に入った人たちから集めた衣服を、彼らがスキルで浄化しているところのようだ。

「「おー！」」

彼らの手元でぶるぶると衣服が震え、その汚れが綺麗さっぱり取り払われると、子供たちから声が上がった。

彼らは手品でも見ているかのように、スキルが発動する瞬間を興味津々《きょうみしんしん》な様子で眺めていた。

「もう一回やってー」

子供たちにせがまれたタルカ・トルカ兄弟が、二人とも優しい笑みを浮かべて、こくりと頷く。

それからレイヌさんが目を細めて、しみじみと言った。

「魔法も使えるアルフ様からすると、特別なことではないかもしれませんが、私たちからすれば、自分の手でスキルが扱えるだなんて、夢のまた夢なんですよ」

俺は納得して、静かに頷く。

彼らの様子を見ていると、俺も自然と笑みがこぼれた。


全員がお風呂に入ってきれいさっぱりしたあとは、お待ちかねの晩餐《ばんさん》の時間だ。

『腕利きの料理人』の天職をダテナさんが授かってから、最初の食事。

ダテナさんは、俺がダーヤたちと『聖蜂』の練習をしている間に、畑でとれた野菜をつかった料理を用意してくれていた。

それだけでも献立《こんだて》としては十分すぎるほどだったのだが、俺は先ほど捕らえたクロックラを渡して追加で調理してもらっていた。

席に着くと、目の前にクロックラの蒲焼《かばやき》が出された。

……きたっ！

前回は数匹しか捕獲していなかったので、一人一口しか食べられなかった。

しかし今回は違う。茂みで見つけたクロックラを根こそぎ捕獲したことで、一人に一皿ずつ行き渡るようになっていた。

ああ、いい香り……!!

しかも今回は、蒲焼の上に何か粉のようなものがのっていた。

山椒《さんしょう》とは少し違うが、食欲のそそるスパイシーな匂いがする。これはもしや、ダテナさんがスキルで得た香辛料だろうか。

「あの、アルフ様」

ロゲルおばあさんに声をかけられ、顔を上げる。

すると既にみんなは顔を上げて、食前の祈りを待っていた。

「あっ、すみません！」

俺は目の前の御馳走《ごちそう》に魅了《みりょう》されて、神官としての役目を忘れたただの食いしん坊になっていた。

これでは俺も、あの女神様のことをとやかく言えない。

近くにいたダテナさんと目が合うと、彼はにやりと笑った。

そんなに間抜けな顔してたかな……

気を取り直して、こほんと咳払いする。

「では皆さん、今日もリアヌ神の恵みに感謝を……」

いつものように、みんなで感謝の祈りを捧げて、ダテナさんにも感謝を伝えてから、みんなで食事の時間を楽しむのだった。

次の日の朝、教会都市パルムから魔法手紙が届いた。

その手紙の送り主は教会事務局《きょうかいじむきょく》で、内容は「イスム地区での仕事ぶりを報告せよ」というもの。

俺は、都市パルムへと向かうため、いつものように馬車を呼び寄せようとした。

──馬車よりも、我々の方が早いぞ。

イテカ・ラのこの一言で、俺は彼らの力を借りることにした。

「じゃあ、お願いしてもいいかな?」

──もちろんだ、我らが主よ。

俺はイテカ・ラにお礼を言ってから、その背にまたがる。

そして五頭の神獣たちとともに、イスム地区を駆け抜けた。

馬車の場合、イスムの教会から都市パルムまで、街道を通らなければならないが、それらは教会とパルム間の最短距離ではない。魔物を避けるために安全を優先したルートだ。

だが、イテカ・ラたちは森の中を生き抜いてきた猛者《もさ》であり、魔物を恐れて迂回《うかい》する必要がない。

彼らは迷わずに森を突っ切ると、やがて城壁に囲まれた教会都市パルムにたどり着いた。

パルムの門からやや離れた場所で、イテカ・ラは俺を背中から降ろした。

──用が終わったら、いつでも呼んでくれ。主の呼びかけに応じて、すぐに駆け付けよう。

彼らの主として与えられた、彼らとの深いつながり。

彼らが遠吠えで仲間を呼びよせるのと同様に、俺は見えないつながりを介して、彼らに意思を伝えることができる。

「ありがとう、みんな。行ってきます」

俺はイテカ・ラたちと別れ、街の中に入った。

俺を呼び寄せた教会事務局とは、都市パルムにある二十一の教会を管理している場所だ。

俺自身、あまり足を運んだことはないから詳しくは知らないのだが、送られてきた手紙によれば、サラドメイアという通りに立っている教会にあるらしい。

少し歩くと、都市パルムを囲む壁のすぐそばに、サラドメイアの教会はあった。

教会の多くは街の中心部に集まっているため、この教会のように街から離れた壁の近くにある教会は例外的だ。

教会の外見は木造建築で、入り口部分が前にせり出した、T字型の建物だった。

屋根は三角形が二つ重なったような特徴的な形をしている。

石造りで白い大半の教会と違い、清潔《せいけつ》さや神聖さはそれほど強調されていない。

代わりに、どこか厳格さや知的な雰囲気などが醸《かも》し出《だ》されている気がした。

中に入ると、奥の壁にある二つの窓から、光が差し込んでいるのが見えた。

窓はそれぞれ内側を向いており、光がちょうど祭壇《さいだん》の上に集まっている。

「お祈りですか？」

教会の中に入るなり、ふくよかな体形の男性から声をかけられる。

にこにこと笑みを浮かべていたが、俺はその表情にどこかうすら寒いものを感じた。

「いえ、事務局に用がありまして」

俺が教会から送られてきた魔法手紙を広げると、男がそれを覗き込む。

「おや、教会関係の方でしたか。失礼しました。ええと」

手紙に記載された担当地区の欄を見ると、男が小馬鹿《こばか》にするように鼻を鳴らした。

「イスム地区……」

手紙を無言で俺に突き返してから、男は背を向けて教会の奥へと向かっていく。

ついてこいということだろうかと思って追いかけると、男は教会左奥にある扉を開けた。

「突き当りの部屋です」

ぞんざいな口調で、男が扉の奥を指さす。

「分かりました。ありがとうございます」

頷いて先へ進むと、後ろの扉がすぐに閉まった。

短い廊下を歩き、男に言われた突き当りの部屋の前に到着する。

横に広い扉をノックすると、中から声が聞こえた。

「どうぞ」

「失礼します」

部屋の奥には、たくさんの本があった。

正面、右奥、左奥と、壁がすべて棚になっているらしく本で満たされている。

目の前の長テーブルについていた男性が顔を上げ、こちらを見た。

頬のこけた痩せぎすな老人だった。

テーブルの上には紙が広げられており、老人は左手に丸いレンズを、右手に羽ペンを握って作業していているようだった。

俺と目が合うと、それらの道具を置き、老人が口を開く。

「どういった御用でしょう」

「すみません。教会事務局から手紙が届いたのですが」

俺は教会から送られてきた魔法手紙を差し出す。

「拝見いたしますね」

「お願いします」

老人は骨董品《こっとうひん》を鑑定するかのように、左手に持つレンズを通して、手紙の文字を読む。

レンズには、おそらく拡大された文字が映っているのだろう。

教会から送られてきたその手紙には、いくつかの質問が書かれており、俺はそれに従って回答を書き込んでいた。

俺の文字が読みづらくなければいいのだけど……

質問の内容は、イスム地区にある教会での、俺の仕事ぶりについて問うものだった。

教会を清潔な状態に保っているか、祈りに訪れた人に教会を開放しているかなど、形式的で単純な問いばかりだった。

「はい、確かに」

老人は最後まで目を通すと、それだけ言って俺の手紙をたたんで脇によけた。

どうやら問題なかったようだが、俺は拍子抜けしてしまう。

そのまま俺が立っていると、老人が顔を上げて首を傾げた。

「何か気になることがございますか？」

「えっと」

俺は戸惑いつつ確認する。

「これで報告は終わりでしょうか」

「ええ。いただいた回答書にも不備はないようですし」

「……」

わざわざ呼び出されたのだし、てっきり口頭で具体的な活動報告をさせられるのだと思っていた。

手紙に書かれていた質問だけで、活動が伝わるとは考えられないし。

あんな質問に答えたくらいでは、報告も何もあったものではないと思うのだが……

俺が戸惑っていると、老人はテーブルの上で両手を重ねて口を開いた。

「これまではどこの教会を任されていたのですか」

「これまで、ですか」

「ええ。イスム地区を任される前に所属していた教会のことです」

俺は首を横に振った。

「いえ。神学校を卒業してすぐにイスム地区を任されたので……」

俺の答えに、老人が目を丸くする。

「なんと……」

それからしばらく黙った後、俺の背後にある扉を、まるで誰か入ってくる者がいるのではないかと気にするようにちらと見る。

一段階声を小さくして、老人が話し始めた。

「イスム地区に流された者はこれまでに何人も見てきましたが……神学校を卒業してからすぐにという例は、私が知る限りありません。あなたがどのような理由でその……上の方々のご機嫌《きげん》を損ねてしまったかは分かりませんが、ずっとイスムにいるということはないはずです。少しの辛抱《しんぼう》ですよ」

「辛抱、ですか」

俺は思わずそう呟いた。

確かにイスム地区に送られる前は、俺もイスムの荒廃《こうはい》したイメージから島流し的な感覚を抱いていた。その事実は否定できない。

だが、今の状況を考えると、辛抱という言葉が似合わないほど、素晴らしい生活を送れている。

むしろ都市パルム内の教会に配属されて、煩《わずら》わしい人間関係や不毛な権力争いに巻き込まれるより格段に良かったと思える。

老人が俺の言葉に頷いて、繰り返した。

「ええ、辛抱です。いずれにせよ、イスムにいる間は何の仕事も任されることはありません」

老人は節《ふし》ばった指で、とんとんと魔法手紙を叩いた。

「形だけの報告が求められるだけです。とくにあなたのような若い人にとっては……お辛いでしょうね、いない者として扱われるのは」

「……」

いない者として、か。全くそんなことはないのだが。イスムの教会に戻ったら、こんな俺でも必要としてくれる人たちがいる。

一瞬、心の中で考えたことをそのまま伝えようかと思ったが、口には出さなかった。

目の前の老人は心から気の毒に思ってくれているようだし、わざわざ言う必要はないと思ったからだ。

老人がしゃがれた声で続ける。

「私自身も、神官になって日陰を歩かされてきた人間です。若き日に抱いた野心は全て打ち砕かれて、今はもう、生い先短い生涯を何事もなくやり過ごすことだけが望みになってしまいました。偉そうなことを言えた人間ではありませんが、振り返ってみると、若い頃の望みなど大したものではありませんよ。運よく手に入れられたとして、自分が悦《えつ》に入ったらそれで終わりです」

老人の言葉には、不思議と腑《ふ》に落ちるものがあった。

額に刻まれた深い皺《しわ》や、落ちくぼんだ目。

彼の言葉や話す姿からは、彼のこれまでの人生が透けて見えるようだった。

だが、全面的に共感できるというわけではなく、俺としては引っかかる点もあった。

地位や名誉《めいよ》、人からの見られ方などを大事にするなら、得られた場合でも老いた時には全てが過ぎ去ったものになるという話は、なんとなくだが分かる気がした。

だが俺がイスムの教会に赴任してから得たものは、それらとは異なる。

お腹を空かせていた子たちと幸せな食卓を囲めるようになったこと、清潔な場所でみんなで眠れるようになったこと。あるいは爪弾《つまはじ》きにされていた人々とともに労働に精を出せること。

それらは俺が老いた時、達成できなくてもよかったとは思わないだろう。

自分の野心を満足させるために達成したいことと、他人を想った時に発生する、どうしても叶えたい望み。

その二つは、俺の中で同じ扱いをするわけにはいかないように感じた。

だからといって、親切心から出ているであろう老人の言葉を、あえて否定しようとも思わない。

結局、俺は簡単に感謝だけ伝えて、お辞儀をするだけに留めた。

「ありがとうございます。この教会にいる他の人たちに聞かれると、よく思われないようなことかもしれないのに、話してくださって」

老人が自嘲《じちょう》気味に手を振った。

「くだらないことをお話しましたね。忘れてください」

「いえ」

そこで老人が話題を変えた。

「他にイスム地区でのお仕事で気になることはありますか？」

「そうですね」

俺は少し考え、前々から気になっていたことを口にした。

「イスム地区にはいくつかゴミの山があると思うのですが、あの山はどなたかが自分で所有されている土地に捨てているのでしょうか？」

老人は首を捻った。

「ええと、それは違いますね」

「えっ？」

「失礼ながら、何か大きな勘違いをされているようです。イスムの土地はその……言葉を選ばずに言えば、一般的には不浄《ふじょう》と認識されている土地です。そのような場所を所有したいと考える方は、パルムにはおられないと思いますよ」

「……」

「それから、もしかするとあなたは、イスムの教会の周りだけが自分の管轄《かんかつ》だと思われているかもしれませんね。ですが実際は、イスム地区全体が教会の管理している土地なのですよ」

「！」

驚きのあまり言葉を失った。

その様子をどう受け取ったのか、老人は慰《なぐさ》める調子で言った。

「まぁ、深くは考えないことです。これまでに何人もの人間がイスム地区に流されてきましたが、早ければ半年、遅くとも数年以内にはまたパルムに戻されますから。ゴミだらけの場所で気が滅入《めい》るかもしれませんけれど、少しの辛抱ですよ」

だが、俺は慰められたことより、それまでの話の内容に関心が移っていた。

「えっと、すみません。それじゃあイスムの土地にあるゴミの山は、どれも誰かの所有物ではなく、ただ放置されているものに過ぎないというわけですか」

「ええ、言ってしまえばそうですね」

「ゴミが捨てられている土地も同じく誰かに所有されているわけではなく、その管理責任はイスムを任された教会の人間――つまり現状は自分にあると」

「おっしゃる通りですが……」

俺はどうやら、大きな思い違いをしていたらしい。

てっきり貴族や商人など、一定の金と権力を持った人間がイスムに土地を持っていて、そこにゴミを捨てているのだと思っていた。

だから、神官という公的な立場にある俺が必要以上に私有地に入り込んで、堂々とゴミを処分して回ったら色々とかどが立つのではと危惧《きぐ》していたのだ。

だが、どうやらそんなことを気にする必要はないようだ。

なんだ。それなら聖火でゴミ山を消し去って回ればいいじゃないか。

頭の中に、聖なるタペストリーに描かれたイスム地区が思い浮かぶ。

彼らが必要としているならともかく、ただ放置されているゴミはどんどん処分していこう。

聖火のスキルを使って燃やしてしまえば、燃え残りは聖灰として畑作業に活用できるし、地面に混ぜていけば、教会裏の畑の土をよくするのにも役立ちそうだ。

今まで以上に作物がとれることや、それを美味しそうに食べる子供たち、そして女神様の顔が浮かんで、自然と喜びが込み上げてきた。

「教えていただき、ありがとうございました！」

「は、はぁ……」

俺の上機嫌な様子に、老神官は戸惑っていた。

俺は彼にお礼を言って、教会事務局を後にした。

第三話　不思議な旅芸人

都市パルムの門を出て、イテカ・ラたちの気配を探る。

主として与えられた力によって、彼らが森の方から近づいてくるのが分かった。

「ありがとう、待ってくれていて」

俺がそう言うと、イテカ・ラが低い声で唸った。

――アルフ、大変だ。

「えっ？」

――森の中で人が倒れている。

イテカ・ラの背に乗って森に入ると、木にもたれかかっている人の背中がすぐに目に入った。

近付くと、その正体はケープを纏《まと》った青年だった。

民族的な服を身に着けており、冒険者には見えない。押さえていた腹部は真っ赤に染まっていた。

「大丈夫ですかっ」

俺は、状況を察してすぐさま声をかける。

「いや……どうだろう。ちょっと……まずいかな……」

青年は額から汗を流して、痛みに顔を歪《ゆが》めていた。

「すみません、失礼します」

「ああ……」

断りを入れてから彼の服をまくり、俺は傷口を確認する。

刃物で傷つけたような鋭い傷が何本も入っていた。

森に棲む魔物にやられたのだろうか。

俺はその傷口に意識を向ける。

そして、新たに授かったスキルの合言葉を唱えた。

『傷を癒す』

傷口の周りが青白く光り、流れていた血が傷口に吸い込まれていく。

光が消えると、傷口はすっかり塞《ふさ》がった。

「どうですか」

声をかけると、痛みに顔を歪めていた青年が薄目を開けた。

腹を触ってから、その手を確認する。

血がついていないことに気が付いて、青年は目を丸くした。

服こそ破けたままだが、皮膚は傷のない状態に戻っていた。

「これは……？」

「スキルで傷口を塞がせてもらいました。立てますか？」

「あ、あぁ」

戸惑いながら、青年は立ち上がる。

良かった。回復スキルはちゃんと発動できたみたいだ。

決して少なくない神力を消費して授かった回復スキル。

思っていた状況とは違ったけれど、備えておいてよかった。

それから俺は青年を連れて、神獣たちの背に乗って森を出る。

青年の仲間が街の中にいるらしいので、念のため、俺は付き添うことにした。

「ごめんなさい、たびたび待ってもらうことになるんだけど」

——気にしないでくれ、アルフ。我々は人目につかぬところでくつろいでいよう。

「ありがとう」

四頭の神獣を従えて、イテカ・ラが離れていく。

青年が、去っていく神獣たちを見ながら言う。

「いい関係だな」

「ありがとうございます」

「君はテイマーなのかい？」

青年が俺に尋ねた。

テイマーとは、人になつきやすい魔物や魔獣を飼い慣らして、力を借りる者のことだ。

魔物や魔獣は、魔力こそ帯びているが、人間というよりは動物や獣に近い。

一方、イテカ・ラたちのような神獣は、聖なる属性と知性を備えた存在で、姿こそ獣に似ているものの、人間に近い心を持っている。はたから見たら、テイマーに近いことをしているのだろうが、俺とイテカ・ラたちとの関係は、人間同士の親子や兄弟といった関係に近かった。

「いえ、テイマーとは違うんですが」

パルムの中に入ると、俺は青年に自分の話をした。

名前と職業、それからイスム地区の教会にみんなで住んでいるということ。

神から授かったスキルをきっかけに、神獣たちと信頼関係を結んだということ。

俺の説明に、青年は驚いたり納得したり、色んな反応をしていた。

それから青年が口を開く。

「神官様だったのか。随分と若いんだね」

「気を遣わないでください。まだ神学校を卒業したばかりの半人前ですし、そんな大層なものではありませんから……」

続いて、青年が自分のことを教えてくれた。

マルグリッドと名乗るその男は、俺と同じ十六歳だった。それもあって、互いに気さくに話そうということになる。彼は服装からしててっきり旅人か何かだと思ったのだが――

「サーカスの座長《ざちょう》をしているんだ。といっても大したものではないけどね。僕含めて四人しかいない集まりさ」

「へぇ……！」

意外な職業名が上がったことに驚きつつ、サーカスという言葉に俺の声が弾んだ。

子供の頃、領主である父が村にサーカスを呼んでくれていたことがあって、そこで行われる華やかな見世物《みせもの》が結構好きだったことを思い出す。

「あぁ」

マルグリッドが微笑んだ。

それから、懐《ふところ》から色のついた小瓶《こびん》を急に取り出すと、その場で歩きながらジャグリングを始めた。

三つだったはずの小瓶が、いつの間にか四つ、五つと増えていき、次々と宙を舞っていく。

最後の一つが手元に戻ってきた時、彼の持っている小瓶はいつの間にかそれだけになっていた。

まるで魔法のような動きに、俺はすっかり魅了される。

「すごい……！」

マルグリッドがその一本を優雅《ゆうが》な仕草で懐《ふところ》に仕舞った時、俺は思わず拍手していた。

「はは、ありがとう」

小さくお辞儀するマルグリッド。

魔法を使える者であれば、小瓶を宙に浮かせるくらいは造作《ぞうさ》もない。

だがあの数の小瓶の動きを同時に操るのは、簡単にできる芸当ではないだろう。

俺は内心で舌を巻いた。

そしてふと俺は気になったことを尋ねる。

「どうしてあの森にいたの？」

その質問に、マルグリッドは顔を曇《くも》らせた。

「あっ、言えないことだったら大丈夫だよ」

「いや、構わないよ。助けてもらったし、隠すような内容でもないからね。でも少し説明しづらくてさ」

「うん」

マルグリッドは、一拍置いて言葉を続けた。

「今のは簡単な曲芸だけど、僕のサーカスでの本職は『魔獣使《まじゅうつか》い』なんだ。森には、演目の練習のために行っていて、魔獣の調教中だったんだよ」

「そうだったんだ」

「都市からそう離れていない森ならそれほど強い魔物もいないし、飼っている魔獣たちとやり取りするにはもってこいの場所だからな。でも、僕が飼っている魔獣の中には、ちょっと気性《きしょう》の荒いやつもいてさ。そいつが暴れたせいで怪我をしちゃってな。君がいなかったら、今頃死んでいたかもしれない。助かったよ」

「役に立ててよかった」

「だけど驚いたな！　回復スキルを使うなんて。神は君に、素晴らしい力を与えたんだな」

マルグリッドが、そこで大仰《おおぎょう》な態度で言った。

「うん。力を授けてくれる神には、感謝の気持ちでいっぱいだ」

俺は力強く頷く。

『どういたしましてー！』と、明るい女神様が言っているのが耳の中で聞こえるようだった。

それから俺は話題を変えた。

「あの、もう一つ聞いてもいいかな」

「どうした？」

「君が連れてきた魔獣は、その……強力な存在なの？」

マルグリッドは立ち止まり、首を傾げた。

俺の質問の意図を察しかねているような表情だ。

俺が気になっていたのは、マルグリッドに重傷を負わせるような存在が放置されていないかどうかだった。

ひとまず安全な場所へと思って街まで来たけれど、もし魔獣がまだ森にいたら、別の被害者が出るかもしれない。

マルグリッドは首を傾げたまま答える。

「そうだな。弱い魔獣ではないと思う」

「そっか。その……魔獣がどうなったか心配になったんだ……まだ森にいるんだよね？」

「いや……あぁ、説明不足だったな」

彼はひょいと眉を上げて、話し始めた。

「安心してくれ。飼っている魔獣に襲われたと伝えたが、森に逃がしてはいないよ」

「えっ」

俺は戸惑って、マルグリッドの全身を見た。

袋のようなものを持っているわけでもなく、飼い主を殺しかねないほどの魔獣の姿は周囲には見られない。

俺がキョロキョロしていると、彼が左腕の袖をまくった。

「……！」

そこにあるものを見て、俺は思わず息を呑む。

彼の腕には絡みつくようにして、黒い文様《もんよう》が入っていた。

入《い》れ墨《ずみ》だ。

しかしよく見ると、それらは規則的な図形ではなく、数多《あまた》の生き物の姿が描かれたものだった。

「見ててくれ」

マルグリッドはそう言ってから、腕の中にいた生物の一つを指さしてかすかに何かを唱えた。

呪文というよりは、親しい友人の名前を呼ぶかのような、穏やかな声音だった。

すると、マルグリッドの腕の上に、灰色の何かが姿を現した。

彼はそれをつまみ、俺の前に差し出す。

俺は手のひらを皿にして、それを受け取った。

つぶらな瞳、長い鼻。

「象……？」

鑑定スキルで確かめると、ポウランという手乗りサイズの魔獣であることが分かった。

目の前にいるポウランは、四歳の雌《めす》で、今、強い眠気を感じているようだ。

その獣は、手のひらから俺のことをじっと見上げた。

それから後ろ足を曲げると、前足を伸ばしてごろりと横になった。

気持ちよさそうに、ぼんやりと目をつぶる。

「ふふっ。どうやら一目で君のことを安心できる人だと感じたみたいだね」

顔を上げると、マルグリッドが目を細めて、俺の手のひらの小さな魔獣に視線を注いでいた。

目の中に入れても痛くない、と顔に書かれているようだ。

どこか優しい顔でポウランを見つめるマルグリッドを見て、俺は微笑ましい気持ちになった。

マルグリッドはそれから、再び自分の腕を指で示す。

多く描かれた生き物たちの中で、先ほど指でさした獣——象のいた場所が、ぽっかりと空いていた。

「僕はこの体を通じて、魔物や魔獣たちを呼び出したり、しまったりできるんだ。僕を襲った猛獣も、きちんとこの中で休んでいるよ」

マルグリッドは、そう言って穏やかに微笑んだ。

「そういうことだったのか……」

俺はそのままポウランを撫でて、マルグリッドの仲間がいるという場所に向かった。


「ここだ」

彼が立ち止まったのは、一軒の屋敷の前だった。

それほど大きくないが、きちんとした外観で、俺は意外だと思った。

各地を転々と渡り歩く集団だから、これほどしっかりと居を構えているとは想像ができなかったのだ。

「僕たちの見世物を昔から楽しみにしてくれる人がいてね。パルムに来た時には、厚意でその方の別邸《べってい》に泊まっているんだ」

俺が首を傾げていると、マルグリッドはそう説明してくれた。

どうやら、お金持ちのパトロンがいるらしい。

「へぇ……」

「よかったら少し寄っていかないか。大したお礼はできないけど、紅茶の一杯でも振舞《ふるま》わせてくれ」

俺はパルムの外で待ってもらっているイテカ・ラたちのことを考えつつ、せっかくの誘いを断るのも申し訳ないと思い、少しだけお邪魔させてもらうことにした。

「ありがとう。じゃあ、少しだけ」

マルグリッドが笑顔になった。

「あぁ。色々迷惑かけた分、くつろいでいってくれ。……あ、それともう一つ」

屋敷の扉をあける前に、マルグリッドが声を落として言った。

「うちの仲間には、このこと、内緒にしてくれないか？」

彼は細い指で、自身の服を示す。

スキルで彼の傷を治したあと、聖水を使って洗い流し、魔法で乾かすという簡単な処置はしたので、血はほとんど目立たず、ぱっと見は分からないようになっている。

だが、その下の衣服はざっくり破けたままだった。

「余計な心配をかけたくないからな」

マルグリッドの眉が、八の字になった。

「分かった」

俺が頷くと、マルグリッドが屋敷の扉を開けた。

「おかえり、マルグリッド」

中に入ると、少年の声がとんできた。

声や背丈からして、おそらく十歳前後の少年。

しかしはっきりしたことは分からなかった。

体つきはゆったりとした深紫《ふかむらさき》のローブで隠れており、顔は羊の骨のような仮面で覆《おお》われていたからだ。

「ただいま、モラン。他の二人は?」

マルグリッドが仮面の子に尋ねる。

「まだ帰ってきてないよ。その人は?」

仮面の子が首を横に振ってから、俺に目を向けた。

「森で知り合ったんだ。僕たちの芸に興味があるみたいだったから、少し話そうって連れてきた」

それから、マルグリッドがこちらを振り返る。

「とりあえず互いの紹介をするか。こいつはうちのサーカスで道化師《どうけし》を担当している、モランだ」

「はじめまして、モランさん。神官のアルフです」

俺が前に出て名前を言うと、モランと紹介された子が手を差し出してきた。

その手には、ローブと似た色の手袋がはめられている。

「へぇ、神官様か! すごいなぁ〜。よろしくね、アルフ」

「よろしくお願いします」

「ハハハ。そうかしこまらなくていいよ。どう見たって、僕の方が歳下じゃないか」

モランが明るい声で笑う。

「そっ……か。そうだね」

俺もつられて笑った。彼の笑い声には、何か人を和《なご》ませる雰囲気があった。

マルグリッドが、広間に置かれたソファを俺に勧める。

「ありがとう」

俺はその席に腰を下ろして、広々とした玄関ホールを見た。

壁には魔獣に立ち向かう騎士が描かれたタペストリーがかかっており、引き出しがついた台の上には光沢《こうたく》のある器《うつわ》が置かれていた。

彼らの支援者の裕福ぶりがうかがえる、豪華な部屋だった。

座っている茶色いソファも柔らかく、自然に沈みこむフカフカ感がある。

「ゆっくりしてくれ」

マルグリッドがそう言い残して、部屋を出ていった。

おそらく服を着替えに行ったのだろう。

彼が部屋から出ると、向かいのソファに座ったモランが、どこからか取り出した黄赤色の玉でジャグリングを始めた。

その行為があまりに自然だったので、芸を見せられているというよりは、日常動作を見ているように錯覚《さっかく》してしまった。

「マルグリッド、怪我したの？」

空中で玉をくるくると回しながら、モランが言った。

「怪我？」

「そう。服が破けてたでしょう。あれ、アルフは気が付かなかった？」

仮面の顔が、こちらを向く。

その時にはもう、玉はテーブルの上に綺麗に並べられていた。

よく見るとその玉は、オレンジを一回り小さくしたような果物だった。

「……」

俺は何も答えられなかった。

ここで約束を破って、マルグリッドのことを話すわけにもいかない。

妙な緊張感がその場に漂った。

「最近、マルグリッドの様子がちょっと変なんだよね」

道化師は果物の一つを手にとって、それを軽く放りながら言った。

「気が付くと、一人でどこかへ行っている。森へ行って芸の練習をしていると言うんだけれど、本当にそうなのかな。君とは、本当に森で出会ったの？」

「ああ」

「じゃあ、怪我をしていたのは？」

「……」

「何を隠しているんだろう」

モランは独り言のように言って、果物をまたテーブルの上に置いた。

部屋のどこかから、規則正しく何かが動く音が聞こえた。

「……って、こんな仮面をつけた僕が隠しごとについて聞くのもおかしな話だね。ハハハ」

モランが笑うと、場の緊張は簡単にとけた。

両手を軽く広げた彼は、首を左右に振ってから俺の顔を見た。

「ね。この仮面の下、見たい？」

「その人が隠したいと思っていることを、無理に見たいとは思わないよ」

「アルフは優しいんだね」

モランはうんうんと頷いた。

「でも僕のこれはね、見られたくないと思って隠してるんじゃないんだ。ただちょっと、君を驚かせてしまうかもしれないからさ……」

そう言うと道化師は、羊の骨のような仮面に手をかけた。

モランが羊の骨に似た仮面をとる。

……ん？

その顔を見て、俺は思わず眉間《みけん》に皺《しわ》を寄せた。

「えっ、と……」

俺が困惑していると、道化師が弾けるように笑った。

「ぷっ、ハハハハハ！」

「こら、モラン！」

部屋の隅から叱りつけるような声が上がる。

マルグリッドが、いくつかのカップが載ったトレイを持ち、そこに立っていた。

「申し訳ない、アルフ。この道化師は、とにかく悪戯好きでな」

「いや、大丈夫。驚きはしたけど……」

テーブルに寄ってきたマルグリッドに俺はそう答える。

先ほどモランの仮面から現れたのは、俺の顔だった。

変装が得意なのだろうか？

マルグリッドはトレイから、温かい紅茶を配ってくれた。

「ありがとう」

「あぁ」

マルグリッドはこちらに微笑みを向ける。

それから、モランの方にしっかり向き直った。

「モラン。悪戯はやめろと、いつも言っているだろう」

「悪戯じゃないよ、マルグリッド。芸だよ、芸。こういうことをしたら楽しいかなと思ったんだ」

モランは仮面をつけ直しながら、そう言った。

「芸は人を楽しませるもの。モラン自身が楽しむためだけにやっているのだから、これはただの悪戯だ」

マルグリッドの言葉に、道化師はがっくりと肩を落とした。

「分かったよ、マルグリッド。このとおりだ」

モランが謝ってから仮面を外す。

「！」

仮面の下から現れたのは、今度はマルグリッドの顔だった。

しかも本人なら絶対にしないであろう、舌を鼻の方に伸ばし、寄り目をしているという変顔。

「こら、モラン！」

「きゃはははは！」

再び仮面をつけた道化師は、笑いながら部屋の奥へと逃げていった。

マルグリッドが深いため息をつく。

「申し訳ない。芸の腕はあるんだけど、まだまだ中身が子供でね」

そう言いながら、マルグリッドが俺に紅茶を勧める。

「いただきます」

紅茶は温かく、ほんのりと甘かった。

悪戯好きな道化師にかき乱された気持ちが、ふっと落ち着いた。

「美味しい……ありがとう、マルグリッド」

マルグリッドが俺に微笑んでから、同じように紅茶に口をつけた。カップを置いたところで、俺は口を開く。

「あの、こんなことを聞くのは野暮《やぼ》かもしれないんだけど、さっきモランが使っていたのは、その……魔法？　それとも何か、別の仕掛けがあったり……」

「ああ、あれが彼のスキルなんだ」

「スキル？」

俺は耳を疑った。

スキルといえば、教会で神から授かる力。

そして、教会都市パルムでスキルを授かることができるのは、教会側が認めた人間――神官などの聖職者のほかは、一部の有力な貴族や大商人くらいのものとされている。

そんな力が、ただでさえ外部の人間に冷たいパルムにおいて、彼らのような旅芸人に与えられているとは……どういった事情があるのだろう。

「スキルということは……さっきの彼は、教会でその力を授かったの？」

「いやいや、僕たちはパルムの特権身分じゃないからね」

マルグリッドは穏やかに否定した。

「ええと、じゃあ……？」

「ここパルムでは、教会におられる神からスキルを授かるんだろうが、僕たちの場合は少し違うんだ。もともと僕たちは、西の平原で暮らす遊牧民族《ゆうぼくみんぞく》の出身。そしてこっちの民族では、成人として認められると、シャーマンがスキル神授《しんじゅ》の儀式を行うんだ。僕やモランのスキルは、その時にもらったものだね」

あっ、モランだけじゃなくてマルグリッドもスキルを持っているのか。

てっきり魔獣を体に住まわせるという特異な力を聞いた時には、人間とは別の種族とか、そういう特別な事情があるのかと思っていた。

「教会以外にも、スキルを授ける神がいるんだ」

「あぁ」

パルムの神学校でも、他の民族たちの話はほとんど聞いたことがなかった。

思わぬタイミングで外の世界に対する新しい知見を得て、好奇心が刺激される。

異文化のスキルか……今度、図書館にでも行って調べてみようかな。

それから俺は話題を変えて、マルグリッドにダメもとであるお願いを切り出す。

「それと……お願いがあるんだけど、イスムの教会でサーカスを開いてもらえないかな？」

それを聞いたマルグリッドが、にこやかに頷く。

「ぜひ、やらせてもらおう。明日はすでに個人の依頼が入っていて難しいんだが、明後日はどうだろう？」

二つ返事で引き受けて、そのまま予定まで確認してくれた。

「え、いいの？」

先の話になると思っていただけに、思わず聞き返す。

「他の団員にも確認を取ってからだけど、おそらく問題ないよ。急な依頼が入るのも日常茶飯事《にちじょうさはんじ》だし、自分の芸を見てもらうのが何よりも好きなやつばっかりだからな。もし四人全員の予定が合わなかったら、都合がつくメンバーで行かせてもらうことになるかもしれないが、大丈夫か？」

「もちろん！　ありがとう！」

自然と声が弾んだ。

だがすぐに確認しなければいけないことに気が付き、慌てて尋ねる。

「そうだ。謝礼はどんな形で渡せばいいかな？」

「いや、命を助けてもらったんだ。その礼として行くんだから、代金は受け取れない」

「いや、そういうわけには……」

何度か押し問答をしたけれど、マルグリッドはきっぱりと「受け取れない」という強い意思を示した。

謝礼は何らかの形で渡す方法を考えようと心に決めて、俺は一旦引き下がる。

そして紅茶を飲み終えると、帰り支度《じたく》を始めた。

お礼を言ってから、彼らが宿泊している屋敷を出ると、マルグリッドが渋い顔をしながら後を追ってきた。

「申し訳ない。モランを捜していたんだが見つからなくてな。一体どこへ行ったのやら……」

俺とマルグリッドに悪戯をして叱られた後、モランはそのまま部屋から出ていった。

どうやらいまだに逃亡中のようだ。

マルグリッドは、本当ならモランにも挨拶させたかったのだろう。

「気にしないで。彼と、それから残り二人のサーカスの人たちにも、よろしくお伝えください」

「あぁ」

マルグリッドは頷いた。

そこで、俺は言いそびれていたことを思い出した。

あっ、そうだ……

「あの、マルグリッド」

「なんだ？」

「モランが、その……心配してたよ、君のことを」

彼は何も言わず、言葉の続きを待った。

「マルグリッドの服が破れてたことにも気が付いていて、どこで怪我したんだろうと。あと、最近その……君に何かあるのかなって引っ掛かってるみたいだった。一人でよくどこかへ行くんだって」

森で怪我をしたことについて、マルグリッドはモランを心配させないようにと、何も言わずに服を着替えた。

しかし、モランの言葉を聞く限りだと、むしろマルグリッドが何も話さないことが、逆に彼の不安を大きくしているのかもしれない。

「そうか」

「ごめんなさい。わざわざ立ち入るような話ではないかと思ったんだけど」

俺がそう言うと、マルグリッドは首を横に振った。

「いや、教えてもらえてよかった。すでに仲間に不安な思いをさせていたうえに、それに気が付いていなかったなんて、これじゃ座長失格だな」

「いえ、そんな……」

マルグリッドが自嘲気味に笑うのを見て、俺は口ごもってしまった。

「アルフ、確かにモランが言うように、心配をさせている自覚はあるんだ。そのことについては、モランや他の仲間とも、ちゃんと話し合うことにするよ」

「そう、だね。その方が皆さんも安心するんじゃないかな」

丁寧に見送ってくれたマルグリッドと別れて、俺は夕暮れ時のパルムの街を歩く。

思わぬ寄り道になったが、いい出会いだった。

商館に寄って野菜売りのポーロさんに一声かけて用事を済ませてから、俺はイテカ・ラたちと合流して、教会へ戻るのだった。

夕食の時間の途中で、競い合うように食べていた子供たちの様子が少し落ち着いてきた頃、俺はサーカスの話をさっそく伝えた。

「ちょっと急な話ではあるのですが、明後日、この教会にサーカスの方々が来てくれるという話にまとまりました」

「サーカス」という言葉を聞いて、子供も大人も同様に頭の上に「?」を浮かべている。

やはりイスムの人たちには馴染みがないらしい。

「旅芸人の方々が、見世物をやってくださるんです。ええと、いくつかのものを空中で自由自在に扱ったり、魔獣たちが器用に輪っかをくぐったり……」

詳しい演目は聞いていなかったので俺にも分からないが、自分が子供の頃に見ていたもののイメージで説明する。

楽しい様子が伝わったのか、子供たちの目に期待の色が浮かんだ。

「どんな人が来るんだろう」

「魔法使いってこと?」

「僕たちも一緒に遊ぶってことだよね?」

「違うよ、見るんだよ」

子供たちが賑《にぎ》やかに話し出した。

いつもは年下の子たちをまとめてくれているお兄ちゃん、お姉ちゃん役のミケイオとマリニアも、興奮した口ぶりで会話に混ざり、目を輝かせていた。

サーカスのイメージがどこまで伝わったかは分からないけれど……とりあえず、興味は持ってくれたみたいだ。後は見てもらってからのお楽しみかな。

俺は子供たちの様子を微笑ましく眺めた。

「それから……サーカスが来る日は休息日《きゅうそくび》にしたいと思います」

もともと教会に住む人の間で決めていた、強制的な仕事はせずに、各々自由な時間を過ごす日のことだ。

「私が暮らしていた村では、サーカスが来る日はみんなで楽しめるように、子供も大人も仕事を休むという風習がありました。ここでもそういう日にしたいと考えているのですが……」

そう伝えると、主に畑の管理をしてくれているメンバーが互いに顔を合わせた。

「畑の仕事をお休みするということですか?」

ロップの高い声が聞こえた。

「そうです。以前の休息日と同じように、明日は実った野菜を収穫するだけにして、種をまかないでおきましょうか。そうすれば、サーカスが来る明後日には作物は育っていないので、朝から畑の仕事をお休みにできますから。いかがでしょう？」

「私たちは構いませんが……」

「これまでに収穫したものも残っていますし、今日、皆さんが種をまいてくださった分が明日には収穫できるわけですから、食料の心配はありません」

「分かりました、アルフ様がそうおっしゃられるなら」

「ありがとうございます」

働き者たちは突然の休息日の提案に戸惑ったようだが、頷き合っていた。

そこで、別の男が手を挙げて言う。

「しかしそうすると、明日は種まきにあてていた時間が空いてしまいますね」

「そうなんです。そこで明日は、代わりにお願いしたいことがありまして」

ロップたちは前のめりになって、話に耳を傾ける。

「「はい、なんでしょうか？」」

それから俺は、彼らにお願いしたいことを説明した。


夜、俺はリアヌの聖院の中をそれとなく歩いたが、リアヌンの姿はどこにもなかった。

「リアヌン？」

女神像に声をかけても、応答はない。

いる時は漂う雰囲気で分かるのだが、それも今は感じられなかった。

そういえば、しばらく姿を見ないな……

天界から呼び出されたといって消えてからだろうか、その間に話したいことがたくさんできていた。

授かった天職やスキルを、みんなが喜んでくれていること、サーカスが来てくれるようになったことなど。

サーカス……リアヌンは好きそうだな。イスムの人たちと一緒に、彼女にも楽しんでもらえたらいいんだけど……

そんなことを考えながらしばらく広間にいたが、リアヌンが現れる気配はなかった。

「今日は会えそうにないな」

俺は立ち上がり、もう一度大きな女神像を見ると、祈りを捧げた。

そして教会主の間に戻ってベッドに寝転がると、あっという間に深い眠りに落ちた。


次の日の朝。

「おはようございます」

「おはようございます、アルフ様」

俺は起きてきたみんなの輪に入って、畑の野菜の収穫を始めた。

「おお！　ちゃんと実ってますね」

俺が昨日、街へ行っている間に、ロップたちは畑の土地をさらに耕して広げてくれていた。

実験的にまいた気まぐれな種も、問題なく実をつけている。

「よかったです」

ロップが、その成果を見てはにかんで言った。

俺は実った野菜を手に取った。

トマトに似た野菜、トマトマ。普段の畑でとれたものよりはいくらか小さく、ちょうどミニトマトみたいだった。それから足元には、ニラのような香りのする草がまばらに生えていた。

土地の具合によって、できる作物が違うっぽいけど……それほど栄養価のなさそうな土でも何かしら作物が実ると分かったのは、収穫だな。やっぱり、成長の栄養価を神力で補っている説は、あながち間違いじゃないかもしれない。

これならもっと畑を広げられる。あとはこの痩せた土に聖灰を混ぜて、実る作物が変わるかどうかも、ちょっと試してみたいな。

まだまだ改良の余地があると分かって、わくわくする。

その後はロップたちのおかげで、あっという間に野菜の収穫が終わった。

教会に戻ると、ダテナさんが作業の早さに目を丸くしていた。

彼の方もすでに豪華な朝食を作り終えていたらしく、俺はみんなを連れて食事の席につく。

「では本日も、我々に恵みを与えてくれるリアヌ神に、祈りを」

みんなで食前の祈りを捧げる。

しかしリアヌンの気配はなかった。

しばらくすると、近くにいたロゲルおばあさんに声をかけられた。

「アルフ様？」

おばあさんの隣にいたミケイオとマリニアも、心配そうな顔で俺の方を見ている。

全員が食前の祈りを終え、目を開けていた。

俺だけが長い間、瞑目《めいもく》していたようだ。

「あっ、すみません。では、いただきましょうか」

俺は笑いかけながら、みんなに言った。

ああ見えて……と言っては失礼だけど、リアヌンは神様なんだし。大丈夫なはずだ。

料理してくれたダテナさんにお礼を言って、俺たちはいつものように食事を始めた。

早く来ないと、みんな食べ終わっちゃうぞ。リアヌン。

料理はどれも美味しくて、大人たちの満たされた顔や子供たちの笑い声に、今日も癒された。

リアヌンの気配が最後まで感じられなかったことは残念だったけれど……神様なんだし、そんなに暇じゃないよな、と自分に言い聞かせた。

朝食の片付けが終わった後、俺は何人かの教会の人々を連れて、外に出た。

『教会の守り人』として、魔物を酩酊させることのできる固有スキル、『聖蜂』が使えるダーヤとレンナ。

そして、いつもは畑で一生懸命働いてくれているロップたち。

神獣のイテカ・ラ。

このメンバーで、教会周辺のイスム地区を巡《めぐ》ることにしたのだ。

「では、行きましょうか」

「「はい！」」

俺の声にダーヤとレンナが元気よく返事する。

「行ってきます！」

それから俺は教会の留守を任せるみんなに挨拶した。

「行ってらっしゃい～」

ダテナさん、何人かの女性と子供たち、それから神獣たちに教会を守ってもらうようお願いして、俺たちは教会を出るのだった。

第四話　スラムの亜人族

聖なるタペストリーによれば、教会周辺の人たちとはほとんど会うことができていたのだが、森の近くにある場所を中心にまだいくつか暗くなっているところがあった。

今日訪れようとしていたのは、まさしくそのエリアだ。

畑仕事をしている男たちについてきてもらったのは、その辺りの地理に詳しかったと記憶していたからだ。それに、彼らを教会に残すと必要以上に働いてしまうのではという懸念《けねん》もあった。

「晴れてるね」

「うん」

前を歩くダーヤの言葉に、その隣にいたレンナが頷く。

空には雲一つ見当たらなかった。

パルム含め、この周辺は晴れの多い地域だ。

時々夜にぱらぱらと降ったり、あるいは忘れた頃にざぁっと降ったりするが、その後はしばらくまた雨のない日が続く。

気候に関して言えば、暑さや乾燥《かんそう》という問題はなく、比較的暮らしやすい環境だ。

だからといって、貧しい人々を都市の外に放置していい理由にはならないのだが……教会の人間は一体、このイスム地区のことをどう思っているのだろうか。

「アルフお兄ちゃん」

見ると、ミケイオとマリニアがいつの間にか隣に来ていた。

子供たちには留守番を頼んでいたが、ミケイオとマリニアには俺からお願いして一緒に来てもらっていた。

以前、この辺りを案内してもらった時、二人がスムーズに俺を導いてくれたのを覚えていたからだ。

「なに、マリニア」

俺は声をかけてきたマリニアに尋ねる。

「これ」

彼女が差し出してきたのは、青い魔法石だった。

「おっ。どうしたの、これ？」

「落ちてたの！」

マリニアは、歩いてきた方を指さした。隣でミケイオも、うんうんと頷く。

小さな魔法石だ。綺麗ではあるが、価値はないに等しい。

誰かの落とし物というより、おそらく小さな魔物がどこかから運んできたのだろうと思った。

こういう小さな魔石や金属などをやたら巣穴に持ち帰りたがる習性を持つ、鳥や小動物系の魔物の仕業《しわざ》かな。

「そっか」

俺はマリニアから魔法石を受け取った。

そして石に、自分の魔力を流し込む。

たちまち全体の透明度が上がり、小さな石の中で青い光が揺らめく。

よく見えるように二人の顔の前に持っていくと、ミケイオとマリニアが目を輝かせた。

「わぁ……！」

「綺麗……」

「耳を澄ませてみて」

俺がそう言うと、二人は小さく首を傾げた。

その仕草が可愛らしく、思わず笑みがこぼれる。

石を二人の耳元に近づけると、ミケイオが無言で目を丸くした。

「音がする！」

マリニアも声を弾ませる。

魔力に反応した魔法石が立てる、不思議な音。

青い石から聞こえてきたのは、パチパチと何かが弾けるような、爽《さわ》やかで楽しげな音だった。

ミケイオとマリニアは、その後も食い入るようにその石を見つめていた。

初めて会った時から、この二人は魔法に興味津々だったもんな。サーカスが来たら、どんな反応をするんだろう……

森よりはやや規模の小さい、木々がばらばらと生えた場所を歩いていると、メンバーの一人が俺に声をかけた。

「アルフ様、そろそろかと」

「分かりました」

一歩進むごとに、だんだんとゴミの臭いがきつくなってくる。

案内してくれた人たちによると、ゴミがよく捨てられる場所の一つがこの近くにあるらしい。

教会に来てくれるようになった人たちの大半が以前生活していたのは、ここことは違う方角にあるゴミ山だったため、あまりこの辺りまで来ることはなかったようだ。

だが、元々同じ立場だったみんなが言うには、おそらくこのゴミ山の周りにも住んでいる人はいるだろうとのことだった。

ちょっとした緊張感を覚えつつ、俺は考える。

急に教会に誘って、来てもらえるかは分からない。けれど今日は軽く挨拶だけでもして、できればスキルでパンや葡萄水、スープなんかを出して、それを受け取ってもらえるといいな。

そんなことを考えていると、左側から誰かが近づいてきた。

「どこに向かわれているのですか？」

背格好からしておそらく母と子だろうと思われる二人組だった。

その姿を見て一瞬心の中で驚いたが、態度に出さないよう努める。

自分が見慣れない容姿だからといって、じろじろ見たり、ましてや驚きを表に出したりするようなことはしたくない。

「街へ向かわれているんですか？　でしたら案内しますよ」

母らしき人が言った。

「いえ、パルムへ向かっているわけではないんです。ここからは少し距離があるのですが、私はあちらの方角にある教会で神官を務めています。今日はこの辺りに住まれている方にお会いできたらと思い、足を運びました」

教会、神官という二つの言葉で、彼女の眉間に皺が寄る。

険しくなったその眉間の上には、紛れもなく、一本の角が生えていた。

彼女たちは人ではなく、亜人だった。

「教会の方が、一体何の用ですか？」

亜人族の女性の声音が尖《とが》ったものになる。

警戒心を剥き出しにしているようだ。

隣では、その女性の子と思《おぼ》しき少女が、不安げな表情を浮かべていた。

俺は答えた。

「イスム地区にはまだ来たばかりで、この辺りのことをほとんど知らないのです。詳しい方に案内してもらいつつ、お会いした方に挨拶だけでもと思ったのですが」

女性は、黙ってこちらを見た。

隣にいた少女が、母らしき女性の表情を窺《うかが》っている。

「申し訳ありません。あなた方が住んでらっしゃるところに、いきなり押しかけるような真似をして」

俺が頭を下げると、その対応が意外だったのか、女性は戸惑うようなそぶりを見せた。

「いえ……」

俺はそのまま亜人族の親子に背を向けた。

「お邪魔しました。すみません、皆さん。帰りましょう」

俺は一緒に来てもらっていた教会のみんなに声をかけた。

「分かりました」

彼らは互いに顔を見合わせて頷き、来た道を引き返し始める。

「あの」

女性がおずおずと俺を呼び止めた。

「すみません。日中は男たちが出払っているのです。日没後でしたら大抵帰ってきているのですが」

「そうでしたか」

俺は頷いた。

「分かりました。ではまた後日、日が沈んだ後にこちらに伺わせていただいてもよろしいですか？」

「ええ、それでしたら」

俺は笑顔で一礼した。

「ありがとうございます。それでは」

今度こそ背を向けて、俺はその女性と少女の前を去った。

「申し訳ありません、アルフ様。どのような者が住んでいるかも知らないまま、案内してしまって」

このゴミ山の位置を教えてくれた一人、小柄で力持ちなラベットが言った。

俺は首を横に振る。

「挨拶できただけでも収穫ですよ。警戒されてしまったのは残念ですが、こちらがいきなり押しかけましたからね。仕方ないです」

俺は肩をすくめた。

「そうですか……」

ラベットが渋い顔で頷く。

教会や神官に対して、あまり良い印象を持っていないみたいだったな。教会側の人間や、都市パルムに住む市民たちとの間で、何か嫌なことでもあったのだろうか。

俺はそう考えながら、前を見た。

数十人の男たちが静かに歩いている。

そんな状態で、この人数で押しかけられたら……そりゃあ警戒もするよなぁ。しかも向こうは男の人がいなかったみたいだし。

手が空いている人を全員連れてきたけど、次からは人数を最低限にした方が良さそうだな。

他のゴミ山がある場所にも寄ろうと考えていたのだが、予定を変更してそのまま教会に戻ることにした。

亜人の二人がいた場所は、教会からかなり離れており、教会に着いたころには、日が暮れ始めていた。

他の場所には寄らなかったが、かなり時間が経っていたようだ。

「ただいま戻りました」

俺がそう言うと、留守番をしていた女性陣や子供たちが出迎えてくれる。

「おかえりなさい、アルフ様」

「おかえりなさい！」

馴染みのない土地に行っていたので、みんなの明るい声を聞いて、自分の居場所に戻ってこられたという実感が強まった。

俺自身、思った以上に気を張り詰めていたみたいだ。

「おう、おかえり。アルフ」

一緒に出迎えてくれたダテナさんも声をかけてきた。

「ただいま戻りました、ダテナさん。留守番、ありがとうございました。教会は何事もなかったですか？」

「ああ。料理の準備もできたぞ。ちょっと見てくれるか」

ダテナさんに促されて、調理の間へ向かう。

厨房の扉を開けると、美味しそうな匂いが鼻をくすぐった。

「ちょうど出来上がったところだったんだ。入る分はここに入れたんだが」

そう言ってダテナさんが、保存の棚を開ける。

中には、見ているだけでよだれが出るほど美味しそうな料理が並べられていた。

「残りはアルフのスキルで収納してもらえるか？」

「分かりました」

俺はスキルを使って、彼が作ってくれた御馳走を収納した。

明日は休息日ということで、ダテナさんもお休みなので、今日のうちに二日分の料理をまとめて作ってもらっていたのだった。

「食事の時間はどうする？」

「そうですね……少し早いですが、みんなに聞いてみます」

俺はまた外に出て、遊んでいた子供たちや立ち話をしていた大人たちに声をかけた。

「食事の準備ができたみたいなのですが、どうされますか?」

大人たちが互いに顔を見合わせる一方で、子供たちはぱっと顔を明るくした。

ジャックが「食べたい!」と声を上げる。

彼の一言で、みんなに笑いが広がった。

ジャックは笑いが起こったことにびっくりして、周りの人たちの顔をきょろきょろ見ている。

しかしすぐに彼自身も、口を大きく開けてケタケタと笑った。

「じゃあ、少し早いですけど食事にしましょうか」

「分かりました」

外にいたみんなを教会の中に呼んでから、俺はダテナさんにご飯の準備を頼んだ。

食事中、子供たちの話題は、明日のサーカスのことで持ちきりだった。

想像を膨《ふく》らませて、こんな見せ物があるんじゃないか、あんな芸が見られるんじゃないかと、思い思いに話している。

子供たちのその様子を眺めているうちに、サーカスの話を提案できてよかったと思う反面、期待値がかなり上がってる気がするけど、大丈夫かな……と心配になった。

だが、先日出会ったマルグリッドたちのことを思い出して頷く。

うん……大丈夫なはずだ。

魔獣使いのマルグリッド。羊の仮面に隠した顔を自在に変えられる、道化師のモラン。それに、あと二人メンバーがいると言っていた。俺の拙《つたな》い魔法でも喜んでくれる子供たちなのだから、本職の人たちの芸を見たら、もっともっと楽しんでくれるに違いない。

早い時間帯ではあったが、ダテナさんの料理は好評で、あっという間になくなってしまった。

食事が終わってからも、子供たちはまだ見ぬサーカスというものに想像を膨らませている。

俺は子供たちが楽しそうに話してくれるのを、相槌を打ちながら聞いていた。

そこに、女性二人の声が響いた。

「こらこら、あんたたち。そんなにいっぺんに喋《しゃべ》って、アルフ様を困らせちゃだめでしょう」

「さぁ、こっちにおいで。今から食器を綺麗にするよ」

子供たちのお母さん的存在のエデトさんとレイヌさんだ。

エデトさんが浄化スキルを使い始めると、子供たちは彼女のもとに集まった。

食器が綺麗になる様子を眺めたり、順番に食器を渡す手伝いを始めたりしている。

タルカ・トルカ兄弟も隣で浄化スキルを使って、食器を綺麗にしていた。

「すみません、アルフ様。子供たち、ちょっと騒がしいですよね」

子供たちの間を縫ってそっとこちらに来たレイヌさんが、申し訳なさそうに言った。

「いえ、大丈夫ですよ。子供たちが楽しそうにしてくれていると、すごくほっとします。それにリアヌ神も、子供が大好きな女神様ですから」

俺は笑って言った。

「そうですか、リアヌ様は今、何かおっしゃってますか？」

レイヌさんが口元をほころばせた。

俺は食堂の壁を見る。

いまだに気配はないが、リアヌンならこの様子を微笑ましく見ていることだろう。

そう思って、俺はレイヌさんに視線を戻して答えた。

「子供たちの姿を、優しく見守っておられます。エデトさんやレイヌさんが彼らの面倒をいつも見てくださっていることも、大変喜ばれているようです」

レイヌさんはぶんぶんと手を振って、否定した。

「そんな、私どもがお役に立てていることなんて」

「リアヌ神は、いつも皆さんのことを見てくださっていますから」

「……ありがたい限りです」

レイヌさんは、その場で祈りを捧げた。

「そうだよな、リアヌン」

俺は、今はいないリアヌンに向けて祈るように呟いた。

彼女にこの言葉が届くことを信じて。

今日はいつもとは逆の順序で、食事が終わった後に、みんなでお風呂へ入ることになった。

全員が体の汚れを落としてさっぱりした後、教会の中で和やかに話していた。

徐々に子供たちのあくびや目をこする仕草が増えてきたところで、俺はみんなに呼びかける。

「そろそろ寝ましょうか」

談笑の時間をお開きにすると、みんながそれぞれの寝室へと帰っていく。

「おやすみなさい、アルフ様」

「おやすみなさい。それではまた明日」

一人ひとりと挨拶をして、俺はみんなが移動していくのを見届ける。

「おやすみなさい、アルフ」

「「おやすみなさい！」」

最後に残っていたレンナがはにかみながら俺に声をかけ、彼女と手をつないだミケイオとマリニアが元気に挨拶してくれた。

「うん、おやすみ、レンナ、ミケイオ、マリニア」

ミケイオとマリニアはまだまだ元気いっぱいに見えたが、俺は彼らと都市パルムで一緒に野菜を売った時のことを思い出して、頬を緩める。

二人はスイッチが切れたみたいに、二人は急におやすみモードになっちゃうからね。

今日は長距離を一緒に歩いたし、早めに休んだ方がいいだろう。

「リアヌン、今日も充実した一日だったよ」

教会主の間に戻ったあと、俺は女神像に語りかけた。

だが、相変わらず返事はない。

沈黙する女神像に触れて、溜まった神力の量を確かめたり、獲得できるスキルのイメージを見たりした。

スキルをたくさん使っているはずなのに、神力は増える一方だった。

みんなの祈りや、この教会に救われたという気持ちが、より大きな力への後押しになっているのだと感じた。

リアヌンはきっと、俺のことを信じてくれているのかもしれない。だからこんなにも自由にスキルを使わせてくれたり、教会を任せきりにしてくれたりしているんだ……俺は自分にできることをやろう。

明日からのことを考えて、さらにいくつかの新しいスキルを授かる。

「おやすみなさい、リアヌン」

ふかふかのベッドに寝転がると、意識が暗闇《くらやみ》に溶けていった。


気が付くと、朝を迎えていた。

サーカスがやってくる日だ。

「おはようございます」

「おはようございます、アルフ様」

目を覚ました人たちが、広間にやって来る。

「おはようございます」

いつもは教会裏の畑で作物を収穫するのだが、今日はその仕事はない。

起きて来た人たちから順に、大広間で個別に祈りを捧げたり、教会の中で談笑したりしている。

それから全員が集まったのを確認すると、みんなで朝食をとることにした。

昨日、ダテナさんが用意してくれたものと、スキルで出したパンとスープを用意した。

美味しい食事にくわえて、今日は特に仕事がないという気持ちが重なって、まったりした雰囲気が流れていた。

そんな中で子供たちは、サーカスへの期待もあってか、いつも以上に元気そうに感じられた。

朝食を食べた後は、子供たちは教会の外へ遊びに行き、女性たちは尽きない話に花を咲かせていた。

普段、畑で熱心に種まきをしている面々だけは、少し手持ち無沙汰《ぶさた》そうにしていた。

「アルフ」

食堂の長椅子に座っていた俺に、ダテナさんが声をかけてきた。

彼は俺のそばに座ると、肩にかけていた荷物からいそいそと何かを取り出して、それをテーブルの上に置いた。

「よかったら、相手をしてくれないか？」

木製の盤、駒《こま》、サイコロ。

盤の目の数、駒の形から、すぐに何のゲームかが分かった。

『魔女《まじょ》と抵抗者《ていこうしゃ》』という名前の、パルムでも見たことがあるポピュラーなボードゲームだった。

通《かよ》っていたガートン神学校で、何度かやったことがある。

二種類の駒で盤上のマス目を奪い合う遊びで、ルールは簡単だが奥が深い。

「やり方は知ってるか？」

「はい、知ってます。ぜひ、やらせてください」

俺は笑って言った。

「負けませんよ」

「望むところだ」

ダテナさんも、にやりと笑い返す。

試合は終盤まで、ぎりぎりのせめぎ合いになった。

そしてとうとう、ダテナさんが自分の抵抗者の駒を倒して、降参した。

「これは……こっちの負けだな」

「ありがとうございました」

俺は頭を下げる。

「くっ……いや、本当に強いな、アルフ」

「それほどでも……」

久々にこの手のゲームをして、脳みそをフル回転させた気がする。

とくに終盤の攻防は、魔物と対峙した時と同じくらいの緊張感があった。

ダテナさんが悔しそうに口を開いた。

「もう一戦、やってもらってもいいか？」

「もちろんです。よろしくお願いします」

俺はにこりと笑い、盤上から魔女と抵抗者の駒を下ろして、再戦を始めた。

数分後、ダテナさんがほぉと息を吐く。

俺は素直に頭を下げた。

「参りました」

「危なかったな」

二戦目の勝者は、ダテナさんだった。

彼の粘《ねば》り強い攻めによって、俺は序盤に確保した広い自陣を、守り切ることができなかった。

「いやぁ……完敗ですね」

頬をかく俺に、ダテナさんが手を差し出す。

「いやいや、僅差《きんさ》だよ。ありがとう。こんなにハラハラしたのは久しぶりだ」

俺はダテナさんの分厚い手を握り返した。

そこで、隣から声がかかった。

「アルフ」

いつの間にか、ダーヤ青年が自分のすぐ横に座っていた。

さらには、周りには他の男たちも集まっている。

ゲームに集中しすぎていたため、全く気が付かなかった。

「これってこっちの駒が、こう動くっていうことかい？」

ダーヤが抵抗者の駒を指さして言う。

「ああ、うん。そうだね。ここのマスにいたとしたら、こういう風に動かせるね」

俺は盤の上で、抵抗者の駒を動かした。

すると周りの男たちも、顎に手を当てたり、腕を組んだりしながら、その様子を見守り始める。

そんな彼らを見て、俺はダテナさんに声をかけた。

「あの、せっかくですし、彼らにもやり方を覚えてもらいませんか？」

『魔女と抵抗者』は、子供から大人まで楽しめるゲームだ。

駒の動きやいくつかの禁止規則を覚えるだけで遊ぶことができるし、細かい計算ができなくとも、見た目で勝敗が分かりやすい。

また、完全な実力のみによって勝敗が決するわけではなく、サイコロの目による運の要素も大いに絡んでくる。

そのため、ルールを覚えたての初心者が上級者を打ち負かすこともある、遊びやすいゲームだった。

みんなの顔を見ると、まるで子供のような、わくわくした表情になっていた。

「おお、そいつはいいな！　実は、盤も二つあってな……」

ダテナさんはいつになくホクホクした顔で、かばんの中からもう一つの盤を取り出した。

一つ目に取り出した盤は木製だったが、新たに取り出したのは黒い石製だった。

内容は全く同じものだが、こちらも洒落《しゃれ》た見た目をしている。

このゲームの盤はさほど大きくないとはいえ、まさか二つも持っているとは、相当このゲームが好きらしい。

ダテナさんの新たな一面を知って、ちょっと面白かった。

ダテナさんはコホンと咳払いすると、ボードゲームについての説明を始める。

一通りルールの説明を終えてから、二人一組で二つの盤を使って試合を行った。

ダテナさんと俺は隣でそれを見ながら、ルール説明の補足を行う。

周りで見ているみんなも、熱心にそれに聞き入っていた。

良かった。男性陣がちょっと手持ち無沙汰にしていたのが気になったけれど、どうやら興味の持てる遊びが見つかったみたいだ。ダテナさんに感謝だな。

盤の前に座るプレイヤー四人を見守りながら、ダテナさんは時折うんうんと頷いている。

人を入れ替えながら、その後も男たちとボードゲームで盛り上がっていると――

「「「アルフお兄ちゃん！」」」

ミケイオとマリニア、それにもう何人かの子供たちが食堂にやってきた。

「一緒に遊ぼう！」

ミケイオが真っ先にそう言って、俺の手を引く。

俺はボードゲームに熱中する男たちの輪を抜けて教会を出た。


教会の外では、子供たちと神獣が戯れていた。

いつもは俺が忙しくしているため、子供たちの相手はほとんど教会にいる人たちに任せきりだから、今日くらいはとことん彼らに付き合おう。

俺はそう意気込んで、子供たちに誘われるまま、教会の周りを駆け回った。

しばらくして、レンナが教会から出てくるのが目に入った。

彼女はクリーム色の髪を揺らしながらこちらに寄ってくると、子供たちに話しかけて、輪の中に加わった。

どうやら俺一人で子供たちの相手をするのは大変だろうと、気を遣ってくれたようだ。

「ありがとう」

俺がレンナに声をかけると、彼女は首を小さく横に振ってからはにかんだ。

「ううん、気にしないで」

その後、ロゲルおばあさんやエデトさん、レイヌさんが、子供たちの相手をしようとやってきた。

彼らを交えて、俺はその後も子供たちと遊んだ。

しばらくして、エデトさんとレイヌさんが、子供たちの様子を見ながら言った。

「あんたたち、ちょっとお休みしようかね」

言われてみると、確かに子供たちの顔は眠たげだった。

少し遅めだが、昼寝の時間をとったほうがいいだろう。

エデトさん、レイヌさん、ミゲルおばあさんがそれぞれ手を引いて、子供たちは素直に建物の中へ入っていった。

みんなが戻っていくのを見てから立ち上がると、レンナが心配そうな表情で声をかけてきた。

「アルフも少し休んだ方がいいよ」

彼女の言葉に俺は聞き返す。

「そう？」

「うん。ちょっと眠そう。今日はみんなが気兼ねなく休んでいい日。でしょ？」

レンナはそう言って、屈託《くったく》なく笑った。

俺は笑って頷いた。

「だね。じゃあ、ちょっと休ませてもらおうかな」

「うん。また後でね」

「ああ。また後で」

レンナは小さく手をあげた後、子供たちの後を追って教会へと向かった。

優しい子だなぁ。

彼女の背中で揺れる髪を見るともなく見ながら、俺は思った。

そして「ふわぁ」と、あくびをこぼす。

俺はぽりぽりと自分の頬をかき、教会の中へと向かった。

しばらく教会主の間で仮眠させてもらった後、俺は再び男たちと一緒に『魔女と抵抗者』を楽しんだり、ダテナさんが淹《い》れてくれた紅茶を飲んだりしてくつろいだ。

後から子供たちが起きてくると、彼らと一緒に教会の中でのんびりする。

彼らの前で簡単な魔法を見せたり、他愛もないお喋りをしたりして、俺も休息日を満喫《まんきつ》するのだった。


何やら小さな音が聞こえてきたのは、突然のことだった。

教会の中にいたみんなは、その音に気付くとすぐに静かになった。

耳を澄ませると、音が外から聞こえてくるのだと分かる。

同時に、これが危険なものではなく、明るい音楽のようなものだと気付いた。

「もしかして……サーカスかな」

ミケイオが、俺のそばで呟いた。

「行ってみようか」

俺がそう言うと、子供たちはぱっと表情を輝かせて、我先にと教会の外へ走って行った。

俺や周りの大人たちも彼らに続いて表へ出る。

外は、いつの間にか暗くなりはじめていた。

教会の前にやってきたのは、一台の馬車だった。

荷台や客車というよりも、小屋のようなものを、二頭の黒い馬が引いている。

なんとも風変《ふうがわ》りな馬車だった。

小屋の前部についた台の上に、民族的な衣装に身を包んだ、見覚えのある青年がいた。

サーカスの座長であり、魔獣使いでもある、マルグリッドだ。

馬車が完全に止まると、聞こえていた愉快《ゆかい》な音楽もすっと消えた。

マルグリッドが御者台《ぎょしゃだい》から降りて、こちらに向かってくる。

「皆々様。大変お待たせいたしました。西の平原より、我々、遊牧のサーカスがやってまいりました。これより皆様に、世にも珍しい芸をお見せいたしましょう」

マルグリッドが胸に手を当てて恭《うやうや》しくお辞儀すると、教会の人たちから歓声と拍手が沸き起こった。

子供の頃を思い出して、俺も気持ちを昂《たかぶ》らせながら、周囲に光源代わりの火を焚《た》いた。

「こちらの準備は大丈夫です」

マルグリッドは、馬車の位置を少し動かしてから言った。

子供たちを含めて、誰もが一体どのような見世物なのだろうと、うずうずしている。

早速、芸が始まった。

「では最初に、私の仲間を紹介いたしましょう。どうぞ皆様、盛大な拍手でお迎えください」

マルグリッドが、馬に引かれてきた小屋を示す。

確かサーカスの仲間は三人いるといっていた。おそらく彼らは、この中で待機しているのだろう。

しかし拍手が続いても、その小屋の中からは一向に誰も出てこない。

マルグリッドが首を傾げて、馬車の方を見る。

みんなも、不思議そうに拍手の手を止めた。

その瞬間、小屋の方から微かに何かが聞こえ出す。

音楽だ。

ずんずん響く、打楽器の音。笛のような、メロディーを奏《かな》でる音。

小さな子供たちが、興奮して騒ぎ出す。

しかし聞こえてくる音楽は徐々に楽器の数を増していき、子供たちの声をいともたやすくかき消してしまった。

まるでその小屋の中やその向こう側に、何十人もの人々からなる音楽隊が隠れているかのようだ。

しかし大きさからして、それほどの人数が隠れられるはずがない。一体、どんなからくりになっているのだろうか。

そして音楽の盛り上がりが最高潮に達すると、小屋の屋根の上に一人の男が姿を現した。

「あっ！」

隣にいたレンナが声を上げる。

現れた人物は、羊の仮面をつけていた。

マルグリッドが声を張り上げて、紹介する。

「最初はこの男、道化師のモラン！」

屋敷で会った時には紫のローブに身を包んでいたが、今の彼は全く別の衣装だった。

濃い紫色の上衣には刺繍《ししゅう》がゴテゴテと入っており、腰の部分は分厚い革のベルトで絞られている。下は、ゆるい半ズボンに、先の尖ったブーツ。

一目で、派手好きな貴族の服装を真似ているのだと分かった。

だが、貴族たちを真似て詰め物をしている上衣は、明らかに詰め過ぎで、胸も肩もおかしなほど膨らんでいる。反対に下のズボンは、ゆるすぎて、だぼだぼ。

とにかく滑稽《こっけい》な姿だった。

そんな身なりの道化師は、小屋の屋根からぴょんと飛び降りて、音楽に合わせて踊り始める。

その踊りもどこか珍妙で、上下に跳ねすぎているのか、ステップを踏みすぎているためか、なんともいえない動きになっている。

そんな姿や動きを見て、みんなが声を出して笑う。

特に小さな子たちは、手を叩いて喜んでいる。

しかし次の瞬間、笑い声がどよめきに変わった。

道化師はどこからともなく複数の短剣を取り出して、それを空中で見事に操ったのだ。

自身もくるくると回りながら、宙に放った短剣を自在に操るモラン。

まるで何匹もの魚が、星が目立ち始めた空に向かって、ぴょんぴょん飛び跳ねているかのようだった。

そして落ちてきた最後の短剣をキャッチすると、器用な道化師に惜しみない拍手が送られた。

「続いて……」

マルグリッドが小屋の方を示すと、みんなの視線がそちらに向く。

「大酒飲み、ベラレィタ！」

馬車の後ろからのそのそ現れたのは、体の大きな女性だった。

身にまとっているのは、異国情緒《いこくじょうちょ》を感じさせる服。その手には大きな壺《つぼ》があった。

彼女はその壺についていた栓《せん》を、大胆に口でとると、中の液体を口に含んだ。

そしてプゥッ！　と、勢いよく宙に吹きかける。

出てきたのは、鮮やかな炎だった。

「「「わぁ!!」」」

火を吹き終えた彼女は、前の方でなおも踊っている道化師に顔を向けた。

それからこちらににやりと笑みを見せて、壺の液体をもう一度口に含む。

夢中で踊っている道化師に、彼女がゆっくりと近づいた。

子供たちはこの後に何が起きるかに気付いたようで、口々に叫んで道化師の気を引こうとする。

だが、道化師は全く気にせず踊り続ける。

そして背後に立ったベラレィタに肩を叩かれた瞬間、道化師はようやく彼女に気付いた。

モランがぴょんと飛び跳ねる。

しかし、慌てて逃げようとする道化師をベラレィタは容易《たやす》く捕まえて、彼の顔めがけて、口の中の液体を勢いよく吹いた。

「「「ああ!」」」

みんなから反射的に悲鳴が上がる。

ところが道化師の仮面を直撃したのは、燃え盛る炎ではなく煙だった。

道化師はあわあわと手を動かして、慌ててベラレィタの前から逃げる。

ベラレィタは再び壺に口をつけ、今度は上に向かって吹く。

彼女の口から出たのは、最初よりも勢いのある炎。

「「「わぁぁぁ!」」」

吹き終わった彼女がにやりとこちらに笑いかけると、子供たちは感嘆《かんたん》の声を上げた。

彼女から距離をとった道化師は、また楽しげに踊り始めている。

まるで喜劇のような流れに、子供だけでなく大人も拍手を送った。

「そして最後はこの男に登場していただきましょう……シモン！」

マルグリッドが叫ぶと、ぴたりと音楽がやむ。

そして小屋の中から、一人の男が現れた。

だが、その男の姿を見て、俺は一瞬拍子抜けする。

最後に出てきた男は、背格好にも服装にも、これといった特徴がなかった。

旅芸人の一人というよりは、まるで田舎《いなか》の村にいる農夫《のうふ》のような出《い》で立《た》ち。

中肉中背、申し訳程度の口髭、真ん丸の目は、何だか眠そうだった。

音楽が止んだことで、場はしんと静まり返る。

道化師は興《きょう》が削がれたといった様子で、ぴょんとその場に足を投げ出して座った。

ベラレィタは、壺の液体をちびちびと飲みながら、黙って事の成り行きを見守っている。

楽しげな雰囲気から一転、妙な静けさと緊張感が場に流れた。

子供たちもそわそわと、大人たちの顔を窺っていると――

ドン。

何かを叩くような音が聞こえた。

ドン。ドン。

見ると、シモンと呼ばれた男が、自分の腹を軽く叩いている。

ドン。ドン。

軽く叩いているようにしか見えないのに、そこから聞こえるのは、低く、大きな打楽器の音。

カーン。

次に男が肩を叩くと、金属音が鳴り響いた。

男自身がわざとらしく驚いたように、自分の肩を見る。

それからいぶかしげに、もう一度、肩を叩く。

カーン。

そわそわしていた子供たちが、ぴたりと動きを止めて聞き入る。

みんなが、男の様子を食い入るように見つめていた。

男はハッと思いついたように、体の色々な部位を叩く。

胸、太もも、膝。

叩くたび、部位ごとに全く違う音が鳴った。

明らかに体を叩いて出る音ではない音量と音色。楽器に似た音が次々に出てくる。

男は自分自身で驚いたように、両手を上げた。

それだけでまた音が出て、男は自分が上げた腕を見た。

左手を握ると、「ポーン」。

右手を振ると、「カラカラカラ……」。

首を捻っても、足を上げても音が鳴った。

そして男が夢中で体を動かし始めると、男の体は一つの音楽隊になっていた。

何十もの楽器が彼の体一つに仕舞い込まれているようだ。

再び鳴り始めた音楽に、道化師は立ち上がって踊りを再開する。

ベラレィタは頭上に、球のような炎や、青い煙など、様々なものを口から吐きだした。

そんな不思議な光景に、誰もが拍手したり、体を動かしたりして、賞賛の声を上げた。

オープニングだけでとんでもない盛り上がりを見せたサーカスだったが、その後も次々に巧《たく》みな芸が披露《ひろう》された。

ジャグリングやパントマイム、アクロバットのような曲芸もあったし、おそらくスキルを活かしているのであろう、特異な見世物もあった。

ベラレィタは壺の液体を、火や煙だけでなく、光や、小さな雷にすら変えてみせる。

モランが持つ、仮面の下を様々な顔に変化させるスキルは、子供たちを笑わせて、大人たちの度肝を抜く。

そしてその芸が披露されている間、シモンの体からは常に陽気な音楽が流れていた。

そんな夢のような時間の中で、俺には一つだけ気になることがあった。

マルグリッドが、あまり目立った芸を披露しなかったのだ。

基本的に、他の人がやっている芸の説明など、司会のようなサポート役に徹していた。

彼が見せてくれた数少ない芸の一つは、俺に初めて会った時に見せてくれた手乗り像のポウランを呼び出して、彼らを上手く宙で操るという少し変わったジャグリングだった。

その芸だけでも、近くで見ていた子供たちはかなり興奮し、喜んでいた。

だから、彼が持つスキル——体の中に棲まわせている魔獣を呼び出す力を使った芸がもっと他にもあればいいのにと思った。

森で出会ったとき、気性の荒い魔獣たちもいると言っていたけれど、彼らとはまだ折り合いがついていないのだろうか。

俺個人としてはとても残念だったが、しかし結果からすると、マルグリッドのスキルを活かした派手な芸が見られなくとも、場は大盛り上がりだった。

そして今、目の前ではエンディングの音楽とダンスが披露されている。

最後の最後まで、みんな見世物に釘付けだった。

大きな体のベラレィタが、小さなモランを空高くに放り投げる。

くるくると空中で回った道化師が、地面に綺麗な着地を決めると、わぁっと大きな歓声が上がった。

俺を含めたみんなが、興奮して声を出しすぎて、喉《のど》ががらがらになっているようだった。

サーカスに来てもらえてよかったな。

俺はサーカスの四人、それから彼らに釘付けの教会のみんなの顔を見ながら思った。

「わー、すごいねー!!」

後ろから聞こえた声に、俺も同意する。

「うん、本当に……ん？」

しかしすぐに、違和感に襲われた。

怪訝《けげん》に思った俺は、すぐさま振り返る。

そこに立っていたのは、俺がよく知る女性だった。

「えへへ、来ちゃった」

「来ちゃったって……」

エンディングを迎えてもなお、サーカスは大いに盛り上がっている。

旅芸人たちの歌と踊りに、他のみんなは釘付けになっていたが、俺はそれに勝《まさ》る驚きのせいで、完全に意識がサーカスから離れてしまった。

白いシンプルなドレス。

眩《まばゆ》いばかりの金髪とともに、彼女の姿が夜に浮かび上がった。

その正体は――

「リアヌ……」

「あっ、言わないで！」

彼女は慌てて言葉を遮ろうとして、俺の手を引いた。

「え？」

手に触れたことに、俺は驚愕する。

そして、リアヌンの姿がいつもと違って見えているのを、俺は自覚した。

教会がランクアップしたことで、俺だけに姿を見せられるようになっていたリアヌンだが、その時も実際に触れることはなかった。

だが今目の前にいる彼女は、教会の外まで出てきており、しかも俺の手を掴んでいる。

明らかに彼女は、人間の姿を得て目の前にいた。

◆　◆　◆

アルフに天界から呼び出しがあったと告げてから、数日。

神々が住む天界に数多ある神殿の一つ、ヤイピヌス神殿の中に私、リアヌは立っていた。

大きな扉の前で、ふぅーと思わずため息が出た。

あぁ……緊張するなぁ

この部屋に入る時は、いつも落ち着かない。

しかし中へ入らないわけにはない。高位の神々の呼び出しがあったからだ。

大きな扉がひとりでに開き、奥にいる神が私の名前を呼んだ。

「豊穣《ほうじょう》の女神、リアヌよ。お入りなさい」

「失礼いたします」

私は返事をして、大きな円卓が中央に置かれた広間に足を踏み入れる。

「おかけになってください」

私は指示に従って、扉に一番近い目の前の席に座った。

八人がけの円卓には、私の他に七人の神が座っている。

しかしどの方の姿もおぼろげで、はっきりと認識することができない。

私とその方々とでは、神としての位《くらい》の差が大きいためだ。

私は椅子の上で、慎重に姿勢を正した。

「緊張なさらなくても大丈夫ですよ、リアヌ神」

正面に座る神が、柔らかい声で言った。

「あなたの仕事ぶりは高く評価されています。よき神官とのめぐり合わせもあったようですね」

「はい、ありがとうございます」

良かった。

いきなり呼び出しがあったから、てっきり怒られるかと思ったけれど、そうではないらしい。

確かに、私が任された教会に現れたのがアルフだったことは、とてもよいめぐり合わせだった。

「それでは、ここにおられる方々にも、近況をご報告いただけますか」

「分かりました」

私は頷いて、円卓の神々に説明した。

自分が任されたイスム地区の状況と、私の行動について。

アルフ・ギーベラートという神官と出会い、彼とどのような関係を結んで、どのような形で力を授けているのか。

その結果、イスム地区の幸福度がどの程度まで回復してきているのか、といったことを報告した。

「ご説明ありがとうございます。リアヌはとても良い方へ導けているようですね」

説明を終えると、正面に座られている神が私にそう言った。

「ではそのまま、少々お待ちいただけますか」

「はい」

私が頷くと、円卓の席からざわざわと音が聞こえる。

波のような音でもあったし、風に揺れる木の葉や、動物の鳴き声にも聞こえた。

円卓の神々が話し合われているようだ。

私は、それらの音がやむのを静かに待った。

やがて嵐が去ったかのように、円卓は静寂《せいじゃく》を取り戻した。

「お待たせしました。豊穣の神、リアヌよ」

「はい」

「話し合いの結果、あなたの次の使命が決まりました」

思わず体に緊張が走る。

大丈夫。アルフとともに取り組んでいることは評価してもらえているみたいだし……酷い扱い……たとえば、イスム地区の担当を外されたりするようなことはないはずだ。

「あなたが担当しているイスム地区へ、しばらく人間として降りてきてください。そしてイスム地区の状況と、神官であるアルフ・ギーベラートの行動を間近で詳細に確かめてきてもらいたいのです。神の姿のままでは、教会の外での活動ができませんから」

「へ？」

思わず、大きな声が出てしまった。あまりにも予想外の使命だったからだ。

「も、申し訳ございません！」

私は慌てて、失礼な振舞いをしたことを謝った。

円卓から、葉擦《はず》れのような音が聞える。

言葉として理解できなくとも、神々がお笑いになられているのだと雰囲気で分かった。

嫌な感じはしなかったけれど、恥ずかしくて耳が熱くなる。

「構いませんよ。驚くのは当然のことでしょう。この使命を言い渡した理由について、少し説明いたしましょう」

「お願いいたします」

「イスム地区に隣接する形でパルムという教会都市が存在していることは、もちろんご存じですね？」

「はい」

私は頷く。

「実はその教会都市を担当している神から、あまりよろしくない報告を受けたのです」

「よろしくない報告……ですか？」

「ええ。端的《たんてき》に言えば、教会を通じて主に神官たちに授けている力が、あまり良い形で使われていないというご報告です」

教会都市パルムについては、アルフからもよく話を聞いている。

大勢の人が各地から集まり、活発な都市である一方、聖職者や貴族、お金持ちの商人などが幅を利かせているようだ。それにパルム出身でない者たちや特定の種族の者たちが差別されているとも聞く。

「厳密にはあなたが担当している場所ではないので多くはお伝えしませんが。我々は今、パルムの教会で授けている力を、見直さなければならないと考えているのです。そういった事情があって、あなたにも担当するイスム地区へ行ってもらいたいのです。あなたが、イスム地区の教会を通じて授けた力がどのように使われているのか。そして、パルムからイスム地区に派遣されてきたというアルフ・ギーベラートという神官が、神から授かる力を管理するにふさわしい人物なのか――」

正面の神だけでなく、円卓の神々からの視線が自分に集まっているのを強く感じた。

「あなたにはそれを確かめてきてもらいたいのです」

私は唾《つば》を呑み込んだ。

なんだか、とてつもなく重要な任務を背負わされている気がする。

私の報告次第では、アルフや教会に住む人たちが、スキルなどの神にまつわる力を取り上げられたりするのだろうか。

「そう深刻に捉える必要はありませんよ」

私の不安が顔に出ていたことに気付いたのか、正面の神は優しい声で言った。

「そうですね……ちょっとした息抜き旅行だと思ってください。天界と比べると不便な部分はいくつもありますが、下界は下界で、楽しいところですからね。いくつか制約は設けさせていただきますが、基本的には人間の姿で自由に過ごすことを許可します。気楽な気持ちで、下界を調査してきてください」

神からの言葉で、不安から一転、わくわくした気持ちになる。

私のような下っ端《したっぱ》の神が下界に降りられる機会なんて、滅多にない。

今までは天界から彼らの姿を見守っていただけだが、人間の姿でアルフや教会の人たちと直接関われるのは、自分にとっても嬉しい話だ。

「引き受けていただけますか」

「承知いたしました」

もともと上位の神の使命を断れるはずもないのだが、せっかくなら楽しみたい。

そうして私は自分が担当している世界へ、ちょっとした旅行のような気分を持ちつつ下りてきたのだった。

第五話　女神顕現!?

俺はリアヌンに引っ張られて、サーカスに魅入《みい》られているみんなからそっと離れた。

教会の中に入ると、彼女が俺の手を放した。

「まず……私がこの世界に降りてきた理由は、アルフにも言えないんだ。それから、あまり大勢に正体を知られるのもダメだし、私がその……そういう存在だってことをたくさんの人に知られたら、帰らないといけなくなる」

帰らないといけなくなる……というのは、天界にということだろうか。

ほとんど何も分からなかったけれど、俺はとりあえず頷く。

「そうなんだ」

「だから他の人の前では、名前、呼ばないで？」

「分かった」

そりゃ神様が降りてきたってなったら、この教会内だけでもパニックになるだろう。

たぶん、みんなサーカスに夢中だったから、聞かれてはいないと思うけど……迂闊《うかつ》だった。

「ごめん。他の人が聞こえるかもしれないところで、名前言いかけて」

「ううん、いいの。私も浮かれてすぐに声かけちゃったし」

リアヌンはうつむきがちに、ちらっ、ちらっと俺の顔を見た。

「……？」

「あはは……なんか……変な感じだったな、って」

「そう？」

俺はあんまり違和感を覚えなかった。

リアヌンだったら、こういうことをしてもおかしくはないよなぁって、どこか納得できる雰囲気がある。

それに彼女は出会った時から、ずっと自由奔放《じゆうほんぽう》な神様だった。

正体を隠しているとはいえ、今さらみんなの前に現れても不思議はない。

「えへへ……」

リアヌンはなぜかもじもじしつつ、それ以上、何も話そうとしなかった。

「……？　じゃあリアヌンはしばらくこっちで生活するの？」

とりあえず俺の方から、話を振ることにした。

「あっ、うん。そうだね。こっちの世界にしばらくいようかな……って思ってる。うん」

「そっか。じゃあ、なんて呼んだらいいかな。名前呼びはよくないんだよね？」

リアヌンが、パッと顔を輝かせる。

「そうだ、設定を考えてきたの！」

設定ってなんだ……？

もじもじしていた様子から一転、リアヌンがいきいきと話し始める。

「まずね、私は正体を隠さないといけないから……こんな内容なんだけど」

それから彼女なりに、みんなにバレないように考えてきたという設定を教えてもらった。

「……っていうのはどうかな？」

「うん、えっと……わかった。じゃあみんなの前では、そういうふうにリアヌンを紹介すればいいんだね？」

「うん！」

聞いている限り、色々とツッコミどころはあったけれど――

本人のにこにこした顔を見て、まぁいいかという気持ちになった。

「アルフ？」

振り返ると、扉の隙間からレンナが顔を覗かせていた。

「あっ、レンナ」

彼女は教会の扉を閉めて、クリーム色の柔らかな髪を揺らしながら、ととと、と小走りでこちらに寄ってきた。

「サーカス終わったよ。それで、座長のマルグリッドさんが、アルフに挨拶したいって探してる」

「あっ、本当？　分かった。すぐに行くよ」

リアヌンと話し込んでいる間に、どうやらサーカスは幕を閉じたようだ。

「うん」

レンナはこくりと頷いたが、何か聞きたげな様子で、俺の顔を見つめた。

あ、そうか。レンナからすると、急に現れたこの人のことが気になるよな。リアヌンだとは分からないわけだし。

隣のリアヌンの方を向くと、彼女は子犬みたいに目をきらきらさせて、小さく頷いた。

どうやら紹介しろということらしい。

リアヌンが考えた設定とやらをお披露目《ひろめ》する時が来てしまったようだ。

俺は思わず苦笑する。

それからレンナに視線を戻して、咳払いした。

「えっと、レンナ。この女性は俺の知り合いで、その……ある国の姫君なんだ。政治的ないざこざがあって、ここまで一人で逃げてきたんだけど。追われている身だから、ちょっと詳しいことは言えないんだけどね……」

話しながら、ひやひやする。

だいぶ内容がふわっとしている気がするし、ありきたりなような……うまく誤魔化《ごまか》せるだろうか。

俺は緊張しながら続きを話した。

「だから、しばらくこの教会で過ごしてもらおうと思うんだ。よかったらその、色々助けてあげてくれないかな」

「そうなんだ……わかった」

レンナは俺の説明に納得してくれたようだった。

それから彼女は、リアヌンの方に目を移す。

「初めまして、レンナです。その……大変なことがあったのですね。私にできることがあれば、何でも言ってください」

そう言って、レンナが微笑んだ。

内気ながら、初対面のリアヌンと目を合わせようと頑張っている。

レンナ、いい子すぎる……！

本当のことを言えないのは申し訳ないけど、素直に受けいれてくれたレンナに感謝した。

リアヌンがレンナの手をとり、恭しく挨拶する。

「ありがとうございます。こちらこそ、どうぞよろしくお願いしますね。レンナさん」

「あ、は、はい！」

手を握られ、ぽっと顔を赤くするレンナ。

「ごめん、じゃあ俺、ちょっとマルグリッドさんのところに行ってくる。レンナ、彼女のことをお願いしてもいいかな？」

俺が教会を出る間際《まぎわ》にそう言うと、レンナがこくこく頷く。

「あっ、う、うん。分かった」

リアヌンの方に目をやると、彼女は上品ににこりと微笑んだ。

すっかりお姫様を演じるのを楽しんでいるなぁ……。

「じゃ、また後で」

俺は二人にそう言い残して、マルグリッドのところへ向かった。

頭の中で、確かにリアヌンの見た目はかなり高貴な感じだったたから、意外とあの設定は合ってるのかもと考える。

そしてすぐに「いや、見た目だけじゃなくて、中身も高貴か……本物の神様だし」と、心の中で訂正する。

いつも気さくに接してくれるから、ふとした時に神様ということを忘れてしまう。

マルグリッドの姿を見つけ、俺はすぐに声をかけた。

「すみません、お待たせしました」

「ああ、アルフ！」

サーカスの時は、完全にお客様向けに丁寧な言葉遣いをしていたが、今はすっかり口調が砕けている。

「本当にありがとう、素晴らしいものを見せてくれて」

「いや、こちらこそ。あんなに楽しんでもらえて、気持ちよく芸を披露させてもらったよ」

マルグリッドは穏やかな笑みを浮かべた。

「それであの、お気持ちで申し訳ないんだけど……」

俺は事前に用意していた包みを、マルグリッドに差し出した。

中に入っているのは、お礼のお金だ。

だが、マルグリッドは首を横に振った。

「以前も話したけれど、お代はもらえないな。あの森で命を救っていただいたんだから」

「でも、他の人にも来てもらったし……」

俺は、離れた位置にいた他の芸人たちを示す。

モラン、ベラレィタ、シモン。

彼らは今、興奮した観客の子供や大人に囲まれて、賛辞《さんじ》を浴びている。

「じゃあ、こうしよう」

マルグリッドが言った。

「今回は事前の約束があったからお代はいただけない。でももし今回の見世物を喜んでいただけたのなら、我々にまた依頼してほしい。そしてその時は、きちんと正規のお金をいただくよ」

マルグリッドがそう言って、手を差し出す。

俺はその手を握った。

「分かった。ぜひ近いうちに、また呼ばせてもらうよ」

「ありがとう。じゃあ、そういうことで」

そう言ってマルグリッドは、涼《すず》しげに微笑んだ。

その後はサーカスの人達も誘って、みんなで晩餐会を開くことにした。

いつもと違い、今日は屋外での食事だ。

ダテナさんが事前に料理してくれていたものを、俺は『保管庫』からスキルで取り出した。

料理の中身は、焼き串と鍋だ。

焼き串の材料は、畑でとれた野菜と、イテカ・ラたちが森で狩ってきた魔獣の肉の二種類。

適度な大きさにカットして串に刺したそれらを、みんなで火にくべて、焼きながら食べる。

鍋は、モガモガという全身黒褐色《こくかっしょく》の魔鳥をメインにしたもの。

見た目は鴨《かも》に似ているが、鑑定スキルで確認すると、かなり気性の荒い魔物のようだ。

「はいどうぞ。気を付けてね」

「ありがとう」

モガモガ鍋の具を器に注ぎ、並んでいた子供に手渡していく。

大きな鍋三つ分はあったモガモガ鍋だが、お代わりをする人が多くいたこともあって、すぐに鍋の底が見えてきた。

食事中も、まるでサーカスが続いているかのように、とても賑やかだった。

旅芸人たちの話を聞きに、子供も大人も代わる代わる周辺に集まる。

かと思えば、レンナに連れられてしれっと輪の中に混じっていたリアヌンの周りにも、入れ替わりで話を聞きに来る者がいた。

最初、リアヌンは女性たちと話をしていたのだが、それから「あの人は誰だろう」と興味を持った男たちに紹介され、挨拶する。

またしばらくして再びリアヌンの様子を見てみると、今度は食事を終えた子供たちと仲良く遊んでいた。

一人でいるところを見計らって、俺はレンナに声をかける。

「ありがとうね、レンナ」

リアヌンの世話をしてくれたことに対して、俺はお礼を言った。

「ううん」

「姫様はどんな感じだった？」

俺はリアヌンの印象についてそれとなく彼女に尋ねた。

単純に、リアヌンの正体がバレていないか心配だったからだ。

「うーん、そうだね……」

レンナは小首を傾げて言った。

「不思議なんだけど……前からずっと一緒にいた人みたい。姫様とは、初めて会った感じがしないの」

「……あーそうなんだ」

リアヌン、初っ端《しょぱな》から若干勘付かれ始めているぞ。大丈夫かな……

「初対面とは思えないくらい親しみやすい人なんだね」

「うーん……そう、なのかな。うん、でも、そうかも」

そう言って、レンナは笑った。

ちょっと強引な気もしたけれど、俺はなんとか話をまとめた。

教会の周りは、いつまでも温かい笑い声が響く。

晩餐会が終わると、マルグリッドたちはご飯のお礼を言ってから、教会の前に停めた馬車に向かっていった。

彼らは、あの馬車の中で眠るようだ。

教会の中には予備の寝室があったので、そこで寝てもらっても構わないと伝えたのだが、彼らにとっては、馬車の引いている小屋が家代わりらしい。慣れた空間の方がリラックスできるとのことだった。

リアヌンは、レンナたちと同じ女性用の寝室に向かっていった。

寝る場所の話になった時に、「俺の部屋を開けるから、使う？」と、こっそり聞くと――

リアヌンは大きく首を横に振った。

「教会主様のお部屋を使わせていただくなんて、とんでもございませんわ！」

そう言って、ウインクをよこしてきた。

お姫様っぽい言葉遣いもすっかり気に入っているようである。

ということで彼女のことはレンナに任せて、俺は自室に戻った。

こうしてサーカスの一日が幕を閉じた。

次の日の早朝、教会主の部屋の扉がノックされた。

コンコン。

「はい」

ノックの音の主は、座長のマルグリッドだった。

「急に来てすまない。起こしてしまったか」

「平気だよ。どうかした？」

「そろそろ出発しようと思って、挨拶しに来たんだ」

「あっ、そうだったんだ。ごめん！」

まさかこんな早くに出発するとは思わなかった。

寝ぼけた頭を振って、俺は目を覚まそうとした。

「いや。僕の方がただアルフに声をかけたかっただけだから。世話になったね」

マルグリッドは、深々と頭を下げた。

「世話だなんて、俺は何もしていないよ」

俺は首を横に振る。

「こちらこそ、素敵なサーカスをありがとう」

見送りのために、教会の外へ出る。

「パルムに戻るの？」

そう尋ねると、マルグリッドは口を開いた。

「前にアルフが、仲間が僕のことを心配していると言ってくれただろう。それでようやく決心がついたんだ。で、彼らに正直に相談した」

マルグリッドは、歩きながら話してくれた。

「実はこのところ、僕のスキルの調子がその……あまり良くなくてね。何体かの魔獣たちとのコミュニケーションが急にうまくいかなくなったんだ。あの森で怪我をしたのも、それが理由なんだ」

マルグリッドのスキルといえば、魔獣を体の中に住まわせているという話だったが、どうやら複雑な事情があったらしい。

「そうだったんだ」

「あぁ。仲間たちに打ち明けたら、シャーマンのところに一度戻ろうという話になってね。我々のスキルについて最も詳しいのは、スキル神授の儀式を行ってくれたその人だから」

以前、マルグリッドから聞いた話をなんとなく思い出す。

確か彼らは西の遊牧民の出身で、成人として認められると、シャーマンからスキルを授かるという話だった。

「スキルの不調のこと、なかなか仲間たちには言い出せなかったんだ。言うと余計な不安をかけてしまうかと思ってな。でもアルフのおかげで、踏ん切りがついたよ。ありがとう」

そう言ったマルグリッドの表情は、とても晴れやかだった。

「いえいえ」

詳しい事情を知った上で話をしたわけではなかったのだが、きっかけになれたのであれば良かった。

馬車の前まで来ると、旅芸人たち三人が立っていた。

俺はみんなと握手して、挨拶をした。

「あっ、教会のみんなも呼んでくるね」

俺の言葉に、マルグリッドがにこりと微笑んで言った。

「いや。どこからともなく現れて、いつの間にやら消えている。それがサーカスであり、旅芸人というものだろう？」

「それもそうか。じゃあまた」

「あぁ、またね」

こうして彼らは、まだ早い朝に颯爽《さっそう》と消えていった。


マルグリッドたちとの別れを済ませてしばらくすると、教会のみんなが起きてきた。

「おはようございます、アルフ様！」

「おはようございます！」

子供たちが挨拶する声が教会に響く。

また新たな日常生活のはじまりだ。

みんなが揃うと、大広間での祈りの時間が始まった。

それから今日も収穫作業はないので、みんなで朝食を食べることになった。

スキルで出したパン、スープ、葡萄水、それに加えて、これまで蓄えていた野菜を簡単にサラダにして並べる。

料理人のダテナさんから「軽く何か作ろうか？」と提案されたが、俺は首を横に振った。

「昨日の夜はとても豪華なものを食べさせていただきましたし……お腹を休める意味でも、今朝はこれくらいがちょうどいいかと思いまして」

周りにいた大人たちも、こくりと頷いたり、微笑んでいた。

「そうか。ならいいんだ」

ダテナさんもみんなの様子を見て頷き、表情を緩めた。

食前の祈りは、俺にとっては変な感じだ。

他の人は気付いていないとはいえ、俺にとっては祈る対象が、普通に食卓についているのが分かるのだから。

「それでは恵みを与えてくださる……リアヌ神に感謝を」

みんなが目を閉じて祈る。

祈っている最中、俺が気になってリアヌンを盗み見ると、彼女は祈るみんなのことを見ながら、普段のイメージとは違う穏やかな顔をしていた。

その慈愛に満ちた表情を見て、俺は少しドキッとした。

しかし朝食が始まると、子供たちにも負けないくらい無邪気に食事を楽しんでいる。

そんな彼女の様子を見て、やっぱ、リアヌンだわと、自然に笑みがこぼれた。

食事中の話題は、昨日の今日ということでサーカスの感想で持ちきりだった。

一方、明らかにしょんぼりしている子たちもいて、どうやら朝起きた時に、既にサーカスの人たちが去っていたことを寂しく思っているらしかった。

「サーカスの人たち、また来てくれるって言ってたよ」

朝食を終えて食器をみんなで片付けている時に、俺はその子たちに伝える。

「ほんと？」

「うん」

俺が笑いかけながら、彼らの背中をさすると少しは安心できたようだ。

みんなが可愛らしい笑顔を見せてくれた。


朝食後は、みんなで畑の種まきを始める。

「私もやってみたいですわ！」

リアヌンは張り切っており、主《おも》に子供たちに教わりながら、作業を手伝っていた。

彼女のことをちょくちょく見ていると、そばにはいつも誰かしらの子がいるなと感じるくらいには子供たちに好かれていることが分かった。

年上のお姉さんやお母さん的な存在として慕われているというよりは、なんというか、子供同士でじゃれているようにしか見えなかったけれど……

スキルで出した種をみんなで分けた後、俺はロップたちの提案で、畑の周りに土魔法を使って、耕す。

作物が育つと分かったので、畑をさらに広げていくことにしたのだ。

ただしあまりやり過ぎると、種をまく仕事が増えすぎてしまう。

それ自体はいいのだが、『誠実な働き手』の天職を授かった人が放っておくとどこまでも仕事をし続けてしまうのではないかと危惧して、畑の拡大は慎重に行おうと考えた。

とりあえず少しだけ面積を大きくして、その日は様子を見ることにした。


休憩を途中で挟みながらだったが、種まきは問題なく夕方までに終わった。

「休んだ次の日だから、無理しないでくださいね」

俺はそう声をかけて回ったが、みんな休んだ分を取り戻すかのようにもりもり働いていた。

作業が終わった後には晴れやかな表情をしている人ばかりで、苦痛に思っている人はいなさそうだったので、ホッとする。

晩餐の料理は『保管庫』の中に残っていた野菜を、ダテナさんに調理してもらった。

昨日の晩餐に比べると派手さはないが、ダテナさんの腕は確かで、みんなが美味しいと口々に言っていた。

◆　◆　◆

少年は空腹に我慢できず、ゴミの中で食べられるものを探していた。

少年のお腹は、常に減っていた。

植物の種や野菜の皮、魔獣の骨。

そういったものを見つけると、少年は躊躇わず口の中に入れた。

ゴミの中に虫の魔物が蠢《うごめ》いているのを見ると、少年はその周辺を注意して漁った。

一匹のウジが、素早く跳ねて、少年の顔にぶつかった。

少年はそれが目に入らないよう顔を背《そむ》け、それから慎重に手で払いのけた。

そしてウジがたかろうとしていた果実の皮を拾い、それを舐《な》めた。

干乾《ひから》びた甘さが、舌にまとわりついた。少年はその皮を噛み、吸い、そして味が感じられなくなると、それをまたゴミの山に放り捨てた。

足元には、ひしゃげた防具や破損した器、ガラスなどが散らばっていた。

手や足を切らぬよう、少年は気をつけながら歩いた。

革の靴を履いてはいたが、もうぼろぼろだ。

それよりも状態がいい靴を見つけることができれば、いつでも履き替える心づもりだ。

しかし少年は、小さく痩せ細った自分の足に合う靴を、なかなか見つけることができなかった。

同じゴミ山でも、位置を変えると別のものが落ちている。

似た種類のゴミ同士がまとまっているのは、よくあることだった。

破れた衣服、使い古された布がかたまっている場所があったかと思えば、食べ物の残りが置かれた場所もある。

飢《う》えた少年の目が探しているのは、食べられるゴミの中でも、より当たりのもの。

彼はまだ当たりを見つけられていなかった。

少年はふらふらとゴミの中をひたすら彷徨《さまよ》った。

彼は一つのゴミ山に見切りをつけると、別のゴミ山に向かって歩き始める。

少年の体は小さく、一日がかりでもそう遠くまで行くことはできない。

競争相手の少ない二つのゴミ山を、少年は専《もっぱ》ら自身の餌場《えさば》にしていた。

道すがら、彼は自分の腰に提げた錆《さ》びた短剣を抜いて、ぶんぶんと振って歩いた。

その剣は、随分と前にゴミの中で見つけたものだった。

彼はその武器をとても気に入っていた。

それを握り、振り回すと、自分が強く勇ましい人間になったかのように感じられた。

二つ目のゴミ山に到着した少年が、しばらく辺りを漁り始める。

「あっ」

少年のこけた頬は、込み上げてくる喜びで自然と緩んだ。

彼が見つけたゴミ山の斜面には、求めていた料理の食べ残しが散らばっていた。

都市パルムの貴族か商人か、あるいは神官か。

裕福な人々が通う料理店から捨てられたゴミなのだろう。

パンに野菜、魚や肉まで、どれも少し口をつけた程度で捨てられていた。

こんな御馳走は滅多にない。

少年は握っていた短剣を腰に戻して、その場に散らばった食事に手を伸ばした。

その瞬間、奇妙な複数の笑い声が少年の耳に届く。

なっはっはっは……

なっはっはっはっはっは……

少年は音のした方を見た。

なっはっはっは……

なっはっはっはっはっは……

小さな肩を強張らせながら見ると、二匹の魔獣が目に入った。

犬に似た体、コウモリのような顔。

そして鳴き声は、人間の笑い声にそっくりだった。

牙《きば》を剥《む》き出しにして嘲笑うかのようなその表情を目にした時、少年は自分の全身がひんやりと冷たくなるのを感じた。

彼の脳裏に、彼が生きてきたわずかな時間で見てきたものが走馬灯《そうまとう》のように流れる。

彼の記憶にあるのは、ゴミ山の景色ばかりだった。

豪華な食べ残しにありつけた時、まともな食事が何日も見つけられず、手近なもので飢えをしのいだ時。

ゴミの中で生きることが当たり前の生き方だった彼にとって、それは嬉しいものでも、悲観するものでもなかった。

しかしそれらの記憶の中に、ある幼い少女の笑顔が浮かび上がった。

彼の心の中に懐かしさが込み上げてくる。

その少女は、物心つく前から彼のそばにいた人だった。

そして彼に、ゴミ山で生きていく術《すべ》を教えてくれた人でもある。

だがある日彼女は、少年の前から姿を消した。

「魔物に喰われたんだろう」

周りの大人たちはそう話していたが、今よりもさらに幼かった少年には、魔物に喰われることと存在が消えてしまうことの結びつきが、今一つ理解できなかった。

しかし、そんな状況が今、少年自身の目の前にある。

少年は唐突に、慕っていたあの少女が体験したであろうことの意味を肌で感じとった。

手も足も震えが止まらない。

逃げられるなどとは到底思えなかったし、ましてや腰に提《さ》げた短剣で抵抗しようなんて、選択肢としても浮かばなかった。

しかし少女の笑顔を思い浮かべると、少年の心は不思議なほど安らいだ。

二匹の魔獣を前に、少年が穏やかな気持ちで瞼《まぶた》を閉じる。

そこで、鋭い声が響き渡った。

「その子に近寄るな！」

眠りから覚めたように、少年はぱちりと目を開いた。

声がした方を見ると、狼にまたがった青年がこちらに近づいてきていた。

少年に狙いを定めていた魔獣たちは、そちらを見るなり、慌てて逃げていく。

走って逃げ去る魔獣たちの顔を、少年は一瞬だけ見た。

自分と対峙した時に見せた卑《いや》しい笑みとは全く違う、哀れなほど必死な形相《ぎょうそう》だった。

魔獣たちが走り去ってしばらくすると、狼から降りた青年が、少年のもとに駆け寄った。

「大丈夫？」

そう尋ねられて、少年はこくりと頷いた。

青年が深い安堵のため息をつく。

彼の後ろには、それぞれ別の狼にまたがっている別の青年一人と二人の女性がいた。

その三人も少年のもとに走り寄った。

青年は膝《ひざ》を折り、少年に目線を合わせた。

「はじめまして。アルフって言います。君の名前を教えてもらってもいいかな」

青年の顔を見て何度か瞬《まばた》きした後、少年は思い出したようにそっと呟いた。

「シュカ」

それは、彼が慕っていた少女に呼ばれていた名前だった。

◆　◆　◆

都市パルムの教会事務局で神官としての仕事の報告を済ませた日から、俺——アルフはこれまでにも増して積極的にイスム地区を歩き回っていた。

イスム地区の中に、パルムの貴族や商人が所有している土地がないと判明したからだ。

これまでは、ゴミが捨てられている場所はもれなく誰かの私有地で、教会の人間であっても、簡単には手を出すことができないのだと思っていたが、全くの誤解だった。

イスムの教会周辺のみならず、イスム地区全体が、教会の管理下——今は俺が管理を任された……いや、押し付けられた土地という扱いになっていたのだ。

この新事実は、俺の中で衝撃的かつ価値のあるものだった。

これまでは教会の周りの土地だけを利用していたけれど、今後はあまりそれを気にする必要もない。

見つけたゴミ山は、誰にも遠慮せずに堂々と処分できる。

思った以上にイスム地区が見放された土地だったと分かり、俺の中でやりたいことが明確になっていた。

そのために、まずはイスム地区の見回りにより力を入れるべきという考えに至った。

以前、多くの男たちを引き連れてイスム地区を歩いた時には、出会った亜人族の女性を警戒させてしまったので、見回りや挨拶の時の人数は最小限にしている。

また、成人男性だと人数が少なかったとしても怖がらせるだろうと思って、警戒させずに済むパーティを組んだ。

イスム地区に詳しく『教会の守り人』の天職で魔物に対するスキルを持っているダーヤとレンナは、それにうってつけだった。

「私も行きたい！」

そこに自ら参加を名乗り出たリアヌンを加えて、神獣たちとともに四人でイスム地区を走り回ることになった。

教会周辺のゴミ山には、もうほとんど住みついている人がいなかった。

というのも、そこにもともと住んでいた人たちは、今は教会で暮らしている人たちだからだ。

そのため、ゴミ山に住む新たな人たちと出会うためには、教会からかなり離れた場所に行かなければならない。

けれど神獣たちの足にかかれば、移動に大した時間はかからなかった。

そして、その甲斐《かい》あってか、俺はゴミ山でシュカという少年を見つけたのだった。

「シュカ。ここがみんなで暮らしている教会なんだ」

ゴミ山で出会ったあと、俺はその少年に自分が神官であり、イスムの教会で多くの人とともに住んでいることを伝えた。

少年は最初、警戒こそしなかったけれど、興味のある様子も見せなかった。

こちらの言葉は伝わっているようだが、彼の方では特に言いたいことがないし、それよりも、すぐそばに落ちている食べ物の方が気になっている様子だ。

そこで俺は、スキルで聖水を出して彼の手を清めたあと、その小さな手の上に、スキルで取り出したパンを置いた。

彼は目を丸くしたあと、貪《むさぼ》るようにパンを食べた。

そして食べ終わると、俺の顔をもう一度見る。

俺は再びパンを取り出して、彼に渡した。

それから彼が食べている間に、『保管庫』から器を二つ取り出して、その中に白い芋のスープと葡萄水を注いだ。

突然、目の前に現れたスープと葡萄水を、少年はぽかんと口をあけ、凝視《ぎょうし》していた。

しかしその二つを受け取った瞬間、彼は無我夢中で飲み始めた。

俺は彼の気が済むまで、パン、スープ、葡萄水を出した。

それからシュカを誘う。

「みんなが住んでいる教会に来てみない？」

少年は口の周りにパンくずをつけたまま、こくりと頷いた。

彼の手を握って、俺はゴミの山から離れた。

そして十分に距離をとると、俺はその山に火を放った。

スキルで取り出した聖火は、俺の意図した通り、完璧にゴミ山を燃やし尽くした。

燃やして出た大量の聖灰は、スキルで『保管庫』にしまう。

「じゃあ、行こうか」

シュカに声をかけたが、彼は消えた山の方を見たままぼんやりかたまっていた。

しかし俺が彼の手をもって軽く揺すると、はっと俺の顔を見て、こくりと頷いた。


帰ってきた俺たちに気付いて、教会の前で遊んでいた子たちがいち早く駆け寄ってきた。

「みんな、帰ってきた！」

「おかえりなさい、姫様、アルフ様！」

「おかえりなさい、ダーヤ、レンナ」

いつものように、子供たちは元気いっぱいに出迎えてくれる。

「だーれー？」

「近くに住んでる人？」

子供たちがシュカを見て口々に言った。

話題にされた張本人であるシュカは、話しかけてきた子供たちの勢いに驚いているのか、無言で目を見開いている。

どうやら残っていた眠気は、一気に吹き飛んだらしい。

「こらこら、あんたたちったら……一人ずつ順番に話さないと分からないよ。いつもそう言ってるでしょう？」

エデトさんがパンパンと手を叩きながら、こちらに近づいてきて言った。

「おかえりなさいませ、アルフ様」

一緒に歩いてきたレイヌさんが、何人かのはしゃいでいる子供たちを両腕でつかまえながら、俺に会釈《えしゃく》した。

「ただいま帰りました、エデトさん、レイヌさん」

エデトさんとレイヌさんが来ると、口々にしゃべっていた子供たちが落ち着きを取り戻す。

「さぁさぁ、何が聞きたかったんだい？」

エデトさんが彼らに尋ねる。

すると子供たちは、お互いの顔を見合ったり、シュカの顔をちろっと盗み見たりした。

さっきまでわーわー喋っていた子供たちは一人ずつと言われてから、急に気恥ずかしくなったのか、口を開かずもじもじしていた。

そんな中で、ジャックが周りの様子も構わずに無邪気に尋ねる。

「これはなに？」

ジャックは、シュカが腰にぶらさげている短剣を指さして言った。

シュカは目をぱちくりさせた後、指さされた短剣を手にとった。

その剣を握ると、シュカの顔が引き締まる。そして自然な動きで、その短剣をシュッ、シュッと軽く振ってみせた。

「かっこいい！」

それを見たジャックが、弾けるように言った。

すると他の子たちからも自然と歓声が起こった。

小さな手をぱちぱちと叩く子もいた。

「じゃあ、この子も入れてみんなで遊ぼうか」

みんなの様子を見たエデトさんはにっこりと笑って言った。

「ちょっと待って、エデト」

レイヌさんがシュカの服をじっと見て、エデトさんを呼び止めた。

それから口の中でぶつぶつと呟く。

はっきりとは聞き取れなかったけれど、何を呟いているのかは分かった。

浄化スキルの合言葉――『汚れを落とす』だ。

シュカの着ている服がぷるぷる震えたかと思うと、そこから汚れという汚れがきれいさっぱり消え去った。

子供たちの歓声がより一層大きくなる。

浄化スキルは日頃の生活でもよく目にしているはずだけれど、子供たちにとってスキルや魔法は、何度見ても感動が薄れないものらしい。

「これでよしと。それじゃあみんなで遊ぼうか」

「「「はーい」」」

元気のいい子供たちの返事が重なる。

「よろしいですか、アルフ様」

レイヌさんが俺に尋ねてきた。

俺はシュカの顔を見る。彼は、周りの子たちの勢いにまだまだ気圧《けお》されているようだったけれど、ジャックが短剣を指さして何か言うと、頬を緩めて、こくりと頷いていた。

少し打ち解けた様子のシュカを見て、レイヌさんに改めてお願いする。

「はい。よろしくお願いします」

エデトさんとレイヌさん、それに何よりここにいる子たちがいれば、シュカがこの教会で心から安心して過ごせるようになるのにも、そう時間はかからないだろう。

第六話　スラムの怪事件

その日の夜。

俺とリアヌンは神獣の背に乗って、先日訪れた亜人族のところへ向かった。

亜人たちと初めて出会ったのは、教会のみんなとともにイスム地区を巡っていた時だ。

今回は、その時に会った女性から言われた通り、日没後に向かうことにした。

話を聞いた限りでは、昼間は男性たちが住処にいないとのこと。

今回は俺一人で行こうと思ったけれど、ここでもリアヌンはついてきたいと言った。

断る理由もないので、俺は彼女を連れていくことにした。

俺は最も体の大きなイテカ・ラに、リアヌンはその次に大きな体のルイノ・アという神獣に乗る。

自分たちの前を二頭の神獣に先導してもらう。

横目で確認すると、ルイノ・アにまたがるリアヌンは、満面の笑みを浮かべていた。

リアヌンは安定して神獣の背でバランスをとっている。

苦笑しつつ、気持ちは分かるけど、と俺も思った。

澄んだ空気と、頬《ほお》に当たる風。

大きなイテカ・ラの背中はとても安定していて、ただただ心地よかった。

しばらくすると、先を行く二頭が徐々にスピードを緩め始めた。

ん？　何かあったのだろうか。

前方を見ると、神獣たちが足を止めた。

——アルフ。

「何かあった？」

俺は返事をしながらイテカ・ラの背中から降りた。

——近くに魔物がいる。群れだな。大した者たちではなさそうだが。

「どうしたの、アルフ」

ルイノ・アから降りてきたリアヌンが、こちらに寄ってきた。

「この近くに魔物の群れがいるらしい」

「嘘《うそ》っ」

リアヌンの顔に緊張が走った。

「どうしようか」

イテカ・ラが俺の問いに答える。

——少し時間を費《つい》やしていいなら、狩ってもよいだろうか。

イテカ・ラの声に同調して、他の神獣が唸り出した。

彼らの目が鋭く光った。

「うん、そうしよう」

少し考えて、俺は頷いた。

群れの魔物と遭遇した場合、俺一人だったら絶対に戦おうとはしなかっただろう。

呼吸が無意識に速くなる。

ふーっと息を吐いて、拳を握ったり開いたりを何度か繰り返した。

群れの正体を探るため、俺とリアヌンを再び背中に乗せて、神獣たちはその気配がする方へと近づいていく。

進行方向には、うずたかく積まれたゴミの山があった。

幸運にも、風が横方向に吹いているおかげで、ゴミの臭いはさほどこちらには流れてはこなかった。

しばらくすると、微かな魔力の気配を察知する。

イテカ・ラが教えてくれた通りだ。

これは一体や二体の気配じゃない……

ゴミ山に群がっているのかと思ったが、魔力を感じる距離からして、どうやらそうではないようだ。

おそらくゴミ山の、さらに向こう側。

もしかすると群れは、今まさにゴミ山へと向かってきている最中なのかもしれない。

先を行く二頭の神獣たちが歩みを止めた。

——アルフ。

名前を呼ばれ、俺はイテカ・ラの背から降りる。リアヌンもそれに倣《なら》って、ルイノ・アの背から降りた。

——ここで待っていてくれ。

「分かった」

イテカ・ラは俺に告げたあと、仲間たちに小さく合図する。

三頭の神獣が、イテカ・ラに従ってゴミ山へと向かった。

残りの一頭——リアヌンを運んできた神獣ルイノ・アだけは、彼らにはついていかず、その場に残った。

ルイノ・アと目が合うと、彼女は小さく親しげに吠えた。

——私はあなた方のことを守りますよ、アルフ。

ルイノ・アの言葉が、頭の中で穏やかに響く。

「ありがとう、ルイノ・ア」

リアヌンはさりげなく、ルイノ・アの頭をわさわさと撫でていた。

神獣たちは、慎重な足取りでゴミ山の手前まで近づく。

どうやらその山を遮蔽物《しゃへいぶつ》にして、魔物の群れから姿を隠しているらしい。

臭いをかき消してくれることも考えると、確かにその策は有効そうだ。
それから彼らはスピードを上げて、ゴミ山を回り込む。
その姿が山に遮られて見えなくなった。
神獣たちの姿が見えなくなると、急に緊張が高まる。
距離と風のせいで、何の音も聞こえない。
しばらく待機していると、傍に伏せていたルイノ・アがすくっと起き上がった。
「あっ、痛かった？　ごめんなさい」
相変わらず背を撫でていたリアヌンが、ぱっと両手を上げる。
しかしルイノ・アは反応せず、ゴミ山とは別の方向を見つめていた。
俺もそちらに意識を集中させると、ぽっと小さな魔力の気配が感じられた。
小さい……それなりに距離はあるか。
そう思ったのも束の間《つかのま》、その気配は急速に大きくなった。
ルイノ・アが遠吠えをする。
その遠吠えは、狩りをしているであろうイテカ・ラたちに向けられていた。
だがルイノ・アの声がやむよりも先に、魔物は俺たちの前に姿を現した。
二体の魔物が空から降りてくる。
「オッブ」

「オッ、オッブ」

蝙蝠《こうもり》のような翼に、毒々しい紫の体色。

ごつごつした皮膚で、でっぷりと肥えた蛙《かえる》のような魔物だった。

『鑑定する』

胸の中で合言葉を唱えて、魔物を調べる。

オブォンブと呼ばれるその魔物は、腹にたっぷりと毒を溜め込んでいた。

ルイノ・アは全身の毛を逆立て、猛烈《もうれつ》に吠えたてる。

俺たちに魔物を近づかせぬよう、威嚇してくれていた。

だが二匹のオブォンブに怯む様子はない。

魔物は胸を反らし、頬を膨らませると、蛙に似た口から、シャボン玉のような泡を吐き出した。

ルイノ・アはそれを見るなり、魔物に向かって走り出す。

「ルイノ・ア！　毒だ！」

俺は慌てて叫んだ。

言葉が届いたのだろうか、ルイノ・アは宙に浮かぶ泡を難なくかわし、一匹のオブォンブに飛びかかった。

「オブッ」

神獣に噛みつかれたオブォンブが、滑稽な鳴き声を上げる。

隣にいた残りの一匹は、ぎょっとした顔で宙に飛び上がる。

そして十分な高さを保つと、神獣を睨んだまま背を反《そ》らせた。

俺はルイノ・アに駆け寄った。

「アルフ！」

リアヌンの声が背後から聞こえる。

空中のオブォンブの頬が膨らむと同時に、俺は魔法を放った。

「オブッ」

流れている風をありったけ集めて、まとめてオブォンブにぶつける。

強風をもろに受けた魔物は体のバランスを崩し、明後日の方向へ毒のシャボン玉を飛ばした。

俺は魔法を込めた風で、そのシャボン玉をさらに遠くへと押しやる。

オブォンブは乱れた風の中で必死に翼をばたつかせるも、徐々に落下してきた。

その瞬間、ルイノ・アが躍動した。とどめを刺した一体目のオブォンブから離れ、空から降ってくる二体目の魔物との距離を詰める。

「オブッ」

地面を力強く蹴ると、狙いすました跳躍で神獣はその牙に獲物を捉えた。

――アルフ！

顔を上げると、イテカ・ラが仲間を率いて猛然《もうぜん》と駆けてくる。

――怪我はないか？

あっという間に俺たちの前まで来て、イテカ・ラは慌てた様子で尋ねた。

「ああ、俺たちは大丈夫。ルイノ・アが守ってくれたから」

リアヌンと頷き合ってから答える。

ルイノ・アは澄ました顔をしていたが、その表情とは裏腹に、尻尾はぶんぶんと元気よく振られていた。褒められて嬉しかったのだろう。

そんなルイノ・アのことを、リアヌンが優しく撫でた。

撫でられたルイノ・アは、心地よさそうに目を細める。

イテカ・ラは俺の言葉を受けて、安堵したように唸った。

――そうか……良かった。

「そちらはどうだった？」

――ああ。思いのほか手こずったが、片付いた。来てくれ。

イテカ・ラがこちらに背を向けてしゃがんだ。

その背にまたがると、神獣が軽やかに地面を蹴り出す。

「おお……！」

獲物は一カ所に集められていた。

群れというだけあって、魔物の数は十を超えている。

イテカ・ラたちはわずか四頭で、三倍以上の魔物を仕留めたらしい。

すごいな……

俺は驚きつつ、その魔物を観察した。

全身が黄土色の硬そうな毛で覆われた猪によく似たその姿には、はっきりと見覚えがあった。

「ブゥアだ……」

以前、教会の畑を荒らしに来た魔物を思い出す。

だがその時に見たブゥアとは、明らかに違う特徴もあった。

畑を荒らしに来たのは黒角ブゥアで、名前の通り、頭部に三、四本の黒い角を持っていた。

しかし目の前のブゥアは、白い巻貝のような二本角だった。

『鑑定する』

スキルを使うと、こちらは巻角《まきづの》ブゥアと呼ばれる種だと分かった。

黒角ブゥアほど大きくはないが、足の筋肉だけはもりもり発達している。

突進するのも逃げるのもかなりのスピードを出すようだが、それでも狩りの名手である神獣たちには及ばなかったらしい。

——どうだろうか。

「すごい……よくこれだけの数、捕まえたね」

——運が良かったのだ。敵は完全に油断していた。

イテカ・ラは厳《おごそ》かにそう吠えたが、尻尾は溌剌《はつらつ》と揺れていた。

「それでもすごいよ」

神獣たちのかわいらしさに、俺は思わずにやけてしまいそうになる。

「じゃあ、回収するね」

彼らにそそくさと背を向けて、自分の表情をなんとか誤魔化した。

――ああ、よろしく頼む。

俺は収納スキルを発動して、目の前の巻角ブゥアたちを全て『保管庫』におさめた。

一応、先ほどルイノ・アが倒した二体のオブォンブたちも収めてはいるが、どう考えても巻角ブゥアの方がちゃんとした収穫と言えそうだ。

回収した獲物たちは、あとでまとめてイテカ・ラたちに引き渡す予定だ。

神獣たちには護衛をお願いして、俺は彼らの狩りをサポートする。

そういう役割分担だ。

――相変わらず素晴らしい力だな……

あとかたもなく消えた獲物に、イテカ・ラが唸る。

「えっと……ありがとう」

もし俺にも尻尾がついていたなら、そこから嬉しさがだだ漏れになっていたかもしれない。

隣を見ると、リアヌンがむふーっと息を吐いた。

まぁ確かに？　神の力ですから？　と言わんばかりの、ご満悦な様子だ。
尻尾があろうとなかろうと、感情が表に出る人もいるんだな。
俺は苦笑して、イテカ・ラに向き直る。
「じゃあ引き続き、よろしくね」
——ああ。
神獣たちの背に再び乗せてもらって、俺は移動を再開する。
ほどなくすると、目的の場所に到着した。
森というほど鬱蒼とはしていないが、視界を遮る木々がばらばらと並んでいる。
亜人たちの住処は、この先にあった。
「ここだ」
俺はイテカ・ラに告げて、彼の背から降りた。
——本当に、我々はついていかなくてよいのか？
イテカ・ラは、心配そうな眼差《まなざ》しを俺に向けた。
俺は木々の立ち並ぶ方に、意識を集中させる。
魔力の気配は、これといってない。
多少の魔物はいるかもしれないが、この感じなら、群れや大型はいないだろう。
おそらく問題はないはずだ。

それよりも、威圧感のある狼たちとともに向かったら、またしても彼らの警戒心を煽《あお》ってしまう恐れがあった。

俺は、心優しき神獣にお礼を言う。

「ありがとう。大丈夫」

この木立《こだち》の中に足を踏み入れれば、亜人族の住処だ。

――分かった。では我々は、ここでアルフの帰りを待とう。

「お願いね」

俺はそれから、リアヌンを見た。

彼女の表情は、不安や緊張の色で満たされていた。

「ここで待つ？」

俺は思わず、リアヌンにそう尋ねた。

「ん……」

彼女の視線が地面へと落ちる。

眉間に寄った皺を見る限り、彼女は明らかに葛藤《かっとう》しているようだった。

その表情を見ていると、俺は改めて不思議に思った。

リアヌンは女神であり、惜しみなく神の力――スキルを与えてくれる存在。

それが突然、こちら側の世界に現れて、俺たちとともに生活を始めた。

彼女の振舞いには子供っぽいところがあった。

もしかすると、それは彼女自身の性格に由来するものかもしれなかったが、まるで俺たちが過ごす生活の全てを知りたい、経験し尽くしたいと思っているかのようだった。

子供たちと遊ぶ時には楽しそうに笑い、イスム地区で虐げられている人たちを見た時には腹の底から憤《いきどお》っていた。

そして今、身の危険を感じる木立を前にして、彼女は不安に苛《さいな》まれていた。

彼女は「自分の正体が多くの人に知られてはならない」と、以前言っていた。

そしてこの世界に現れた目的については、なおも口を閉ざし続けている。

おそらくそれらを知られてしまうことはなんらかのタブーで、天界からこちら側に来るにあたっての、破ってはならない決まり事なのだろう。

スキルや魔法が使えないという点にも、それと同じような事情を感じる。

自由奔放な性格のリアヌンが、どうしてそんなルールに縛られてまで、この世界にやってきたのか。

俺たちと生活をともにすることで、一体何を得ようとしているのか。

それらについては、一切不明だ。

しかし一つだけ、はっきりしている。

目の前にいるリアヌンは、力を分け与える女神としてではなく、明らかに俺たちと同じ、一人の人間としてここに存在して、同じような感情を持っているのだ。

そんなことを考えていると、リアヌンが視線をこちらに向けた。

「アルフ」

彼女の表情は、真剣そのものだった。

「危険かもしれないし、足手まといになるかもしれないんだけど……私も亜人たちに会ってみたい。ついていってもいいかな」

そんなリアヌンを前にして、俺は力になりたいと思った。

「分かった」

俺がはっきり頷くと、リアヌンは安心したようにはにかんだ。

「じゃあ行ってくる」

俺は手の平に聖火を灯して、神獣たちにそう伝えた。

――何かあれば、迷わず私の名を呼んでくれ。すぐに駆けつけよう。

イテカ・ラはなおも、俺たちのことを気遣ってくれた。

「ありがとう」

俺は心を込めて、礼を言った。

リアヌンが、無言でルイノ・アを抱きしめる。

そんな彼女を安心させるように、ルイノ・アはぴったりと頬をすり寄せた。

「行ってくるね」

リアヌンが呟くと、ルイノ・アは穏やかに鳴いて応えた。

「行こうか」

「うん！」

リアヌンは、どこか吹っ切れたような表情で頷いた。

亜人たちの住処を目指して、木立の中へと分け入っていく。

頭上を覆う葉の隙間から、月の光がまばらに差し込んでいる。

木立の中は、明るい部分とそうでない部分に差があった。

聖火で確実に道を照らしつつ、俺たちは奥へ、奥へと進んでいく。

歩きながら、周りの木々に注意を払った。

目で見る限り、どこから魔物が飛び出してきても不思議はない様子だ。

だが、魔力の気配はどこにも感じられない。

「いる？」

リアヌンが隣で囁いた。

「いや、いまのところは……」

俺が答えると同時に音がした。

リアヌンも気付いて立ち止まる。

この音……叫び声、か……？

そして、すぐに別の音が聞こえる。
足音や人の声が、せわしなく混ざり合っている。
『なんだ？』
音は……近づいてきていた。
「リアヌン」
俺は近くにあった、とりわけ太い木を指さす。
彼女はこくりと頷き、すぐにその後ろへと身を隠した。
聖火を消す。
魔法を使うなら、両手は自由にしておいた方がいい。
自分たちを囲む暗がりは増えたが、月明かりのおかげである程度は見える。
俺は呼吸を落ち着かせて、聞こえてくる音に耳を澄ませた。
木の間から何かが飛び出してきた。
薄暗闇の中で、赤い目が光っている。
「ウガァァァァア！！」
激しく吠えたけると、それはそのまま地を駆けてこちらに向かってきた。
おそらく人型の生物だが、獣のように両手両足を地面について、走ってくる。
俺は反射的に、右手を前に出す。

指の先まで魔力が満ち、頭の中に繰り出す魔法のイメージが広がった。

「やめて！」

視界に声の主が映った。

襲いかかってきた者の向こう側に立っていたのは、亜人族の女性だった。

『！』

俺はその瞬間、襲いかかってきたものの正体に気が付く。

開いていた手を握って、腕を曲げる。

すんでのところで、自分が放とうとした魔法を抑え込んだ。

だがそのせいで腕が無防備に晒《さら》されてしまい、そこに何かが噛みついた。

「アルフ！」

リアヌンが叫ぶ。

「……！」

不思議と痛みは感じなかった。

だが飛びかかってきた者の牙が、深く食い込んでいるのは分かった。

噛みついてきたのは、赤い目をぎらぎらと光らせた鬼――亜人だった。

腕を噛みちぎらんばかりの勢いで、牙を立て続けている。

「いたぞ！」

「こっちだ！」
大勢の人の声と駆け寄ってくる足音。
次の瞬間、鬼は俺の腕から引きはがされた。
後ろによろけた俺を、誰かが受け止めてくれた。
周りで色んな音がする中、俺の意識は自分の血だらけの腕に集中していた。
俺はすぐにスキルの合言葉を唱える。
『傷を癒す』
マルグリッドを治した時と同じく、腕が青白い光に包まれる。
光の中で、流れた血が傷口へと吸い込まれていく。
そして光がやんだ。
多少の血は残ったが、深くえぐられていたはずの傷口は、跡形もなく塞がっていた。
危なかった……
まだ心臓はバクバクしている。
まさかこんなタイミングで、回復スキルを自分に使うことになるとは……
後ろから抱きしめられて振り向くと、リアヌンと目が合った。
「よかった」
彼女が呟いた。

「ありがとう。その……スキル、授かってたおかげかな」

「うん」

俺の肩に顔を埋《うず》めたまま、リアヌンは応えた。

「傷は……塞がったのですか……？」

顔を上げると、亜人族に囲まれていた。

彼らの額には先ほどの鬼と同様、一本の角があった。

「ええ、もう平気です。ご心配には及びません」

俺は頬を緩めた。

不安げな表情を浮かべる彼らに、俺は伝える。

俺はリアヌンとともに立ち上がった。

「噛まれた者は!?」

亜人たちの背後から、大きな声が飛んできた。

そして彼らの輪をかき分けて、一人の男性が姿を現した。

その男性の額には大きな二本の角があった。

血が残った俺の腕を、亜人の男は目敏《めざと》く見つけた。

「見せてくれ」

彼が素早く俺の腕をとった。

男性は俺の腕に触れるなり、怪訝な表情を浮かべる。

「傷がない……？」

「治療魔法らしいです。この方が、自分で傷を治されました」

俺が答える前に、亜人の女性が言った。

男性は俺の顔をまじまじと見る。

「本当か」

「そう、ですね」

本当は魔法ではなくスキルなのだが、わざわざ訂正はしない。

俺を囲んでいる亜人たちからは、一切魔力の気配が感じられなかった。

おそらく普段から魔法を使うことはないのだろう。

スキルとは「神から授かる力」であり、この世界に満ちている魔力を利用する魔法とは、似て非なるもの。

しかしどちらかに馴染みのある人でなければ、その二つの違いはピンとこないだろう。

すると男性は深々と頭を下げた。

「我らの同胞《どうほう》が怪我を負わせてしまい、本当に申し訳ない」

「いえ、気にしないでください」

俺は首を振る。

やっぱり、襲ってきたのは彼らの仲間だったんだ。

暗闇から飛び出して、俺に噛みついてきた鬼。

真っ赤に染まった目、肥大した牙、魔獣のような四足歩行。

いきなり襲いかかってきたから、反射的に魔法で応戦しかけたけれど、傷つけずに済んで本当によかった。

亜人族の人々は精神状態によって、一時的に体が変化する場合があると以前聞いた。何らかの暴走状態になるのだとか。

俺の持ってる知識が間違いでなければ、飛びかかってきたあの人も、しばらくすれば元の姿に戻ると思うんだけど……

何人かの亜人たちに羽交《はが》い絞《じ》めにされ、俺を襲った鬼はいつの間にかどこかに連れ去られてしまった。

「鬼人族《きじんぞく》のオウゴだ」

連れ去られた鬼のことを俺が心配していると、目の前の男性が名乗った。

「旅の人、この近くの街を目指しているのだろう？　お詫《わ》びといってはなんだが、せめて案内させてくれ」

俺は隣にいたリアヌンと顔を見合わせる。

どうやら俺たちは、都市パルムを目指している途中に、この場所に迷い込んだ旅人だと思われているらしい。

「いえ。我々はイスム地区にある教会で生活をしている者です。皆さんにお話ししたいことがあって、この場所に参りました」

「教会？」

オウゴと名乗った男性の眉間に皺が寄った。

頭に角がある分、余計に威圧感を与える。

「ええ」

周りを囲む亜人たちにも殺伐《さつばつ》とした空気が広がった。

「教会の神官ともあろう方が、我らに何の用だろう？」

オウゴは険しい顔でこちらを見る。

特権身分というイメージからか、イスムでは大抵パルムの聖職者は歓迎されない。

「我々はイスム地区から、ゴミが積み上げられた山をなくしたいと考えています。この先にも一つそういった山があると思うのですが」

「ゴミの山をなくす……？　なぜそんなことを」

オウゴの眉間の皺がますます深くなる。

俺は臆《おく》さず答えた。

「多くの魔物が、イスム地区に現れていると聞きます。原因はいくつかあると思いますが……狙いはおそらく、ゴミに含まれる食料かと。ですからそれらを処分すれば、イスム地区に現れる魔物が減るのではと考えました」

　亜人たちは黙っている。

　彼らの中には男性だけでなく、女性や彼女らに抱かれて眠る子供もいた。

　どうやらこの場には、ほとんどの人が集まっているようだ。

　俺は言葉を続ける。

「我々が住んでいる教会にも、幼い子供や老いた人たちがいます。ゴミ山を目当てにイスムへやってくる魔物がいなくなれば、我々も安心して生活することができます」

「……なるほど」

　オウゴは頷いた。

「確かに、この周辺に姿を見せるようになった魔物の多くは、ゴミを漁りに来ているのだろう。あなたの言う通り、ゴミをなくせば、奴らが森から出てくることも減るかもしれない。だが……」

　オウゴは首を横に振って、一拍置いた。

「それでは困るのだ」

「どういうことですか？」

「あなた方のような高貴な人々には分からぬかも知れないが、貧しい我らにとっても、あの山は貴重な食料源。ゴミを漁るなど、魔物と変わらぬ行いではないかと軽蔑《けいべつ》されてもおかしくない。だが飢えないために、そうせざるを得ない。無論、ゴミに釣られて寄ってきた魔物を狩ることもあるが、しかしそれだけでは、全くもって足りないのだ」

オウゴの声は、苦悶《くもん》に満ちていた。

「我らにとっても、魔物は危険で厄介な存在だ。奴らが現れなくなれば、暮らしやすくはなる。だがそうなった場合、我らは何を食べていけばいい？　結局、飢えから逃れるために魔物のはびこる森に入らざるを得なくなる。あなたがた人族からすると、我らの体は丈夫に見えるかもしれないが、魔物のいる深い森に入ることは、我らにとっても命懸けなのだ。ゴミ山で待ち伏せする方が、どれほど効率的で安全なことか」

オウゴが訴えるように言った。

俺は彼の目から視線をそらさずに応える。

「そういったご事情があったのですね」

「だから我らとしては、あなた方の希望を叶えることはできない。もしどうしてもあの山をなくしたいと言うのなら」

オウゴの目に、覚悟の色が浮かんだ。

「残念だが……あなた方は、我らの敵になる」

「こちらも皆さんの生活を奪ってまで、ゴミを無理に無くそうとは考えていません」

俺は断言した。

「その点は約束します。その上でお願いしたいのです」

そして両手を差し出して、スキルの合言葉を唱えた。

『パンを受け取る』と『ここに、気まぐれな種を』の合言葉を胸の内で唱えると、パァっと光が起こった。

右手に丸いパン、左手に黒い種があらわれる。

周りを囲んでいた亜人たちがどよめいた。

「これは……？」

虚《きょ》を衝《つ》かれたように、オウゴがぼんやりと呟く。

「女神から授かった力です。イスムの教会におられる神は、とても懐の深いお方なのです」

俺がそう言うと、リアヌンが視界の端でにこーっと笑っていたが……とりあえずそこには触れず、説明を続けた。

「女神は我々に、イスムで暮らす全ての人々を救うための力をお与えになりました。こちらは、食べ物を得る力ですが」

『パンを受け取る』

右手に二つ目のパン。

おぉ……と亜人たちの間で声が聞こえた。

別に楽しませることが目的ではないのだが、なんだか奇術師《きじゅつし》になった気分だ。

「このように、望むのであれば、いくつでも取り出すことができます」

厳密に言えば、神力が足りなくなれば出せなくなるが、最近は教会で暮らす人たちの熱心な祈りや、生活に溢れる幸せな感情のおかげで、神力はどんどん増えている。

底をつく心配がまるでなかった。

「もし皆さんさえよければ、女神からのお恵みを受け取っていただきたいのです」

そう伝えると、鬼人たちの雰囲気ががらりと変わった。

警戒心は強いようだけど、意外と感情が表に出やすい人たちなのかもしれない。

「それは……」

オウゴの表情の中にも、警戒心や驚きの中に喜びが見え隠れしている。

「だが我らは人族ではないし……なのにその、神のお力というものを……」

オウゴが戸惑いの言葉を並べる。

俺が隣を見ると、やっぱり……というか俺が思っていた以上に、リアヌンが満面の笑みを浮かべている。

彼女は俺の視線に気が付くと、許可すると言わんばかりに、眉をくいっと上げてみせた。

俺はそんな彼女の反応に笑みを誤魔化しつつ、鬼人族の人たちに視線を戻す。

そして懐の深い女神様のご意思を、彼らに代弁《だいべん》した。

「何族であるのかなんて、関係ありません。皆さんのお力になれることを、イスムの女神は心より喜んでおられます」

といぅか……普通に隣で喜んでいます、はい。

鬼人たちはオウゴを中心に輪を作って、こちらの話を真剣に聞いてくれた。

俺はまずリアヌンのことについて、彼らに話した。

イスムの教会にいるリアヌ神が、この地域に暮らしている人々を救いなさいと、神託《しんたく》とスキルを与えてくれたこと。

俺はそれを使命として、イスムの人たちに食料を渡したり、ゴミの山を処分して周ったりしようと考えたこと。

特に、話の中で俺は次の二つを強調した。

一つは、「女神に与えられた力はとても豊かで、尽きることのないものである」ということ。

隣で女神様がむふーとご満悦だったが、もちろん彼女を喜ばせるのが目的ではなく、鬼人たちに、遠慮せずに食料を受けとってもらいたいと考えたためだ。

もう一つ強調したのが、「神の命に従って行動している」ということ。

この点を強調したのは、こちらがゴミ山を処分する以外の目的はないと伝えたら、裏があるのではないかと疑いの気持ちを持たせるきっかけになる。

だから、信仰心の厚い神官なのだと思ってもらえれば、見返りを求めていないという点を違和感なく受け入れてもらえるのではないかと考えたのだ。

正直なところを言えば、俺の行動の動機は、イスムで暮らしている人たちの実態を目の当《ま》たりに《あ》して、ただただそれが耐えられなかったから。

あとは、ミケイオやマリニアのような子供たち、貧しくても善良な大人たちが、幸せそうに笑い、喜んでくれるのが本当に嬉しかったからだ。

俺自身には「信仰に基づいて行動している」という意識は全くなく、シンプルな理由の方が、俺の中では大きな原動力になっているのだが……

今は鬼人たちに受け入れてもらうことが最優先なので、彼らが納得してくれそうな言葉を選んだのである。

この説明が功を奏したのかは分からないが、彼らは概ねすんなりと俺の話を受け入れてくれたみたいだ。

話が一段落すると、俺はスキルで授かった二つのパンのうち、一つを口にした。

毒などは入っていない安全なものであるということを、彼らに示すためだ。

リアヌンは、隣からじっと見ている。

そして俺のパンを指さした。

「もらっていい？」

リアヌンが小声で付け加える。

「出した本人以外が食べた方が、より安全だと伝わるかも」

俺は頷いて、もう一つのパンをリアヌンに手渡した。

鬼人族の人たちの前で、リアヌンがもぐもぐとパンを頬張る。

「おいひぃ……」

あまりにも満足そうな表情。

さらに、ギリギリ聞き取れるくらいの声で、「なんでアルフが食べてるものって、美味しそうに見えるんだろう……」とこぼしていた。

とりあえずパンが安全なものだとは示せたので、スキルで大きめの麻袋を二つ取り出して、一つの袋にパンを、もう一つの袋に『気まぐれの種』を詰め込んだ。

「こんなに頂いてもよいのか……？」

オウゴが困惑していた。

「もちろんです。リアヌ神からの恵みですから、遠慮なくいただいてください」

視界の端で、誰かさんもにこにこしている。

俺は他に何かあるかなと考えてから、オウゴに確認した。

「飲み水はどうされているんですか？」

「基本は雨水だな」

「雨水、ですか？」

「ああ」

オウゴはそう言って頷き、俺たちについてくるよう言った。

案内されたのは、木製の大きな樽《たる》が並んでいる場所。

このイスム地区は基本的に晴れが多く、乾燥気味の気候だ。しかし時々、思い出したように強い雨が降る。

どうやらその雨を飲み水代わりに使っているらしい。

樽は比較的大きなものが八つあったが、満杯になっているのは一つだけだ。

それ以外はほとんどが空だった。

「どうしても足りなくなった場合は、森へ行くのだ。そこへ行けば川があるから。だが……森は危険だからな。なるべく底が尽きぬよう、気を付けて使っている」

オウゴは、ため息を吐いた。

「そうなんですね……」

俺は彼らの事情を聞き、使用したいスキルがあると言って、彼らに説明する。

「そんなことができるのか……？」

オウゴは目を丸くした。

「試してみてもいいですか？」

「あ、ああ。構わない、が……」

並べられた樽の一つを借りて、それに触れる。

おそらく周囲にある木々を使ってつくられたのだろうけれど、変わった組み合わせ方で固定されており、かなり頑丈だった。

しっかりしているな。どうやって作っているんだろう？

樽の造りに興味が湧いたが、それは置いておいて、スキルの合言葉を呟いた。

『ここに聖なる泉を』

樽の底から、コポコポと小さな音が聞こえてくる。

不思議そうに見つめる鬼人たちの前で、底から湧いた聖水が、樽の上までたっぷりと満ちた。

「……！」

鬼人たちが息を呑む中、俺は聖水を止めた。

「こんな感じなのですが……どうでしょうか？」

「なんと……」

オウゴをはじめ、みんなが唖然《あぜん》とした様子で樽を覗き込んでいた。

「この水で問題なければ、他の樽にも入れさせていただこうと思います」

「うむ……少し確かめさせてもらってもよいか？」

「もちろんです。お願いします」

樽の周りに鬼人たちが集まったので、彼らに水の質を確かめてもらった。

鬼人たちは皆、順番に樽を覗き込んだり、その水を少し口に含んで、うんうんと頷いたりした。

樽の周りが賑やかになっていく。

一人の小さな子が、周りの大人たちが喜んでいる様《さま》を不思議そうに見上げていた。

オウゴがその子を抱きかかえて、樽の中を覗かせる。

オウゴに促されて、樽の中の聖水に触れると、その子は弾けるように笑った。

額に角があるという違いはあっても、その笑顔は教会にいる子供たちと何ら変わらない。

「アルフ……」

「ん？」

隣を見ると、リアヌンがにやにやしながら、こちらを見ていた。

「すんごい、にやけてるよ？」

俺は口元に手をやると、軽く首を傾けた。

「そんなことより、先ほどのパン一つだけでお腹はいっぱいになりましたか……？　もしよろしければ、もう一つお出ししますけど……」

俺がわざとらしく心配そうな表情を作って言うと、みるみるうちにリアヌンの頬が赤く染まった。

そして彼女は、ごにょごにょと何か呟いた。

「なんですか？」

「そ、そんなつもりじゃなかったもん！」

顔を赤くした女神様がべしっと俺の肩を叩いた。

ひととおり話し終えると、俺とリアヌンは、鬼人たちに別れを告げる。

「では、俺たちは帰りますね。話を聞いてくださり、ありがとうございました」

「ああ、こちらこそ。その……色々と申し訳なかった」

「えっと……大丈夫ですよ、もう何ともないですから」

俺は自分の腕を見せて笑った。

鬼と化した彼らの同胞に噛まれた腕には、もう何の跡も残っていない。

回復スキル、おそるべしだ。

ちなみに鬼となってしまった人は、普段の状態を取り戻すため、一晩拘束《こうそく》されるとのことだった。

オウゴは後日、本人とともに改めて謝罪をさせてくれと言ったが、俺は問題ないと答えた。

だが、オウゴはばつの悪そうな顔で首を横に振る。

「その腕のこともだが……我らは最初、あなた方に失礼な態度をとっていただろう」

「気にしないでください。こちらが押しかけたのですから、警戒されるのは当然のことです」

そう伝えると、オウゴは角が生えた額に皺を寄せて、じっと俺を見る。

俺は困惑して首を傾げた。

「……？」

「……聖職者の中にも、あなたのような人がいるのだな」

驚きが隠せないという様子で、オウゴが言う。

しかしすぐにはっとした表情になって、頭を下げた。

「いや、これも失礼な話だった。申し訳ない」

「本当に気にしないでください」

俺は笑いながら応えた。

それほど長い時間話したわけではなかったけれど、飾り気がなく実直な人だと思った。

何にせよ、話を聞いてもらえてよかった。

「では、また」

俺は内心でほっとしながら、手を振る鬼人たちに別れを告げた。

――アルフ。

木立を抜けると、地面に伏していた神獣たちが駆け寄ってくる。

「お待たせ、みんな……！」

俺は神獣たちに声をかける。

隣にいたリアヌンは、彼女のもとにいち早く駆けてきたルイノ・アをぎゅっと抱きしめた。

――無事でよかった。

俺たちの身を案じてくれたイテカ・ラを見て、鬼に噛みつかれた話はしない方がよさそうだなと、俺は考えた。

「ご心配をおかけしました」

イテカ・ラが、俺の方に頭を差し出してきた。
俺は反射的にその頭を撫でた。
もふもふだなぁ、と癒されていると、イテカ・ラが吠えた。
――怪我をしたのか。
もうばれた……
血は聖水で洗い流したはずだが、それでもにおいで分かるらしい。
「スキルで治したから、もう何ともないよ」
俺は慌てて答えた。
イテカ・ラが真偽を確かめるように、緑の瞳をこちらに向ける。
そして、納得した様子で吠えた。
――そうか。
「うん」
良かった。
どうやら神獣様の安否確認は、無事クリアできたらしい。
心優しき神獣にまたがり、夜のイスム地区を駆ける。
静かな興奮と、途方もない心地よさとが身体の中で波打っている。
頭の中では、鬼人族の人たちとの会話が自然とよみがえった。

結局、亜人たちのゴミ山は燃やさなかった。

「我らはあなた方のことを信頼する。その証《あかし》としてぜひ処分してくれ」

オウゴはそう言ってくれたのだが、鬼人たちの中には食料源を手放すことに対して明らかに不安を抱いている人たちがいた。

だから俺はこう伝えたのだ。

「この山を処分させていただくのは、皆さんが本当に必要ないと判断してからで構いません」

彼らはこちらが渡したパンや聖水、葡萄水、気まぐれな種などをすべて受け取ってくれた。

それに加えて、近いうちに教会まで会いに来てくれるとも言っていた。

だから焦らなくても、彼らがゴミ山を必要としなくなる日はそう遠くないだろうと、俺はそのように考えたのだ。

だが、亜人たちとの交流が丸く収まった一方で、気になる話も耳にした。

それは、以前から疑問に思っていた、ゴミの出どころについての情報だった。

イスム地区に点在するゴミの山が都市パルムから出ていたものだということは、すでに俺も知っている。

だが実際にどうしてあのような山が積み上がっていくのか、その過程を目にしたことは一度もなかった。

ふと亜人たちとの会話の中で、「一体どこから運ばれてくるんでしょう……」と、俺がぽろっと口にすると、あどけない声で返答があった。

「空から降ってくるんだよ」

「……え？」

俺は思わず声を出していた。

発言したのは、亜人族の男の子だった。

彼は至って真剣な眼差しを俺に向けた。

そして、他の鬼人たちと同様に長くとがっている爪を頭上に向けて、こう言った。

「ぼく、見たんだ。たくさんのゴミが、空から突然落ちてきたんだ」

他の鬼人たちの中にも、少年と同じ光景を見た人がちらほらいた。

少年の見間違いや冗談というわけではなさそうだ。

「私も見ました」

「信じがたいことですが……本当に、どこからともなく現れたのです」

彼らの話によれば、ゴミは唐突に現れるらしい。

だが、それ以上の情報を持つ人はいなかった。

落ちてくる時に、たとえば周りに人影がなかったかなども聞いてみたが、ゴミ以外のものを見たという話は出なかった。

目撃証言はどれも夜だったため、暗さであまり見えなかったかもしれないとは言っていたが、おそらく人はいなかっただろうとのこと。

その話を受けた俺は、次の日から、さっそく調査を開始した。

まず向かったのは、都市パルムだ。

イスム地区に点在するゴミの山の出所は、まず間違いなくこの都市だ。

いくらイスム地区がゴミ捨て放題の無法地帯と化しているとはいえ、遠方の都市からわざわざ何日もかけて大量のゴミを運んでくるメリットがあるとは考え難い。ならばきっと、近場のはずというのが、俺の考えだった。

だが具体的に誰が、どのようなルートで、都市パルムからゴミを運び込んでいるのか。

その点については、俺も全く知らない。

むしろイスム地区を歩き回り、ゴミ山を聖火で燃やしてまわる活動を続ける中で、いずれはゴミを運んでくる何者かと出くわさないだろうかと、甘い期待を抱いていたくらいだ。

それが今回、鬼人たちの話を聞いて覆《くつがえ》された。

空から降ってくるのであれば、その現場に出くわしたところで、出所がはっきりするとは限らない。

また、目撃証言がどれも夜であった点を踏まえると、昼間にイスム地区を歩き回ったところで、「ゴミを運んでいる何者か」と出くわす可能性は低い。

ここまで考えた末、俺は直接情報収集することに決めたのだ。

向かったのは、以前も訪れた、教会事務局が設置されているサラドメイア通りにある教会だ。

その時の老神官から、分からないことがあればいつでも聞きに来てくださいと言われていたのを思い出した俺は、再びこの事務局へとやってきたのだった。

前回同様、廊下を歩いて、突き当りの部屋へと向かう。

「失礼します」

声をかけて扉を開けると、本という本が壁中に敷き詰められた一室が俺を迎える。

受付に座っていたのは、前回ここへ来た時に会ったのと同じ、頬の痩せた老神官だった。

「ああ、こんにちは」

彼は俺を見ると、小さく眉を上げて微笑みを浮かべた。

どうやら俺のことを覚えてくれていたようだ。

「こんにちは」

俺も挨拶を返した。

「どういった御用でしょう」

前回と同じように尋ねられて、俺は答えた。

「私が担当しているイスム地区に捨てられているゴミについて、お伺いしたいことがあるのですが」

「といいますと？」

老神官が首を傾げた。

俺はその人に順を追って説明する。

一通りの説明を終えると、老神官が困ったように言う。

「残念ながら、私の方でもゴミの出所までは分かりかねますね」

彼は言葉を続けた。

「あなたの言うとおり、一般論としてイスム地区のゴミはこの街から運び込まれているでしょう。ですが、実際にどこの誰が運び込んでいるのかについては、正直なところ話を聞いたことがないです。そういった噂すら耳にしていませんし……」

「そう、ですか……」

「ええ。力になれず、申し訳ない」

「いえ、教えていただいてありがとうございました」

落胆《らくたん》する俺に、老神官が申し訳なさそうに言った。

「もしあれでしたら、ララルド商会の方にもお話しを聞きにいってはいかがでしょう」

「えっと……ララルド商会、ですか？」

「ええ。ゴミの処分を生業《なりわい》の一つにされている商会です。私なんかよりよっぽど、この街のゴミ事情について詳しいでしょうから。待ってください。位置をお教えしましょう」

そう言って老神官はこの街の地図を取り出して、その商会がある場所を教えてくれた。

「色々と教えてくださり、ありがとうございました……！」

俺は老神官にそう言った。

「とんでもありません。また何かありましたら、いつでも来てください」

「ありがとうございます。それでは失礼します」

老神官に感謝を伝えて、俺はその部屋を出る。

帰り際、廊下で一人の神官とすれ違った。

「こんにちは」

一応礼儀だと思い、挨拶する。

できれば、極力、関わりたくはない相手だったが……

「おおぉ、これはどうも！」

小太りのその神官は、明らかに大袈裟《おおげさ》な声と表情で俺に応えた。

その人の名前は、クレック神官。

俺の前に、イスムの教会を任されていた人だ。

この人のことは正直それほど知っているわけではなかったが、あまり良い印象を持っていない。

「アルフ・ギーベラートさんでしたかな。どうでしょう、調子の方は」

向こうの方から話しかけてきた。

「悪くはありません」

「いやぁ、大変でしょう。あの地区は」

男はさも自分たちは同じ立場の人間だ、仲間だと言わんばかりの顔で言ってくる。

「どうでしょう」

俺は曖昧に応える。

この人との関わりは薄くとも、イスムの人たちのことはいくらか分かっているつもりだ。

教会でともに暮らす人たちは、貧しい生活の中でも純粋な心を維持し続けた、強い人たちだ。

そんな彼らが、イスムの教会を訪れた時に祈ることを許されず、追い払われたのだという話がある限り、俺は目の前のイスム前任担当者を、全く信用することができなかった。

俺が黙ったままでいると、クレック神官は鼻白んだらしい。

「まぁ、少しの辛抱です。頑張ってください」

俺の肩に手を置いて、彼は話を切り上げた。

「ありがとうございます」

それから俺と入れ替わりに、突き当たりの部屋へと向かっていった。

◆　◆　◆

ノックの音がした。

さっき青年の神官が来たばかりだというのに、今度は誰だろう。

教会事務局の受付を任されている老神官は、疑問に思いながら返事をした。

「どうぞ」

もしかしたらさっきの神官が何か忘れ物でもしたのだろうかと疑問に思ったが、扉が開いて、そうではなかったのだと理解する。

入ってきたのは先ほどの若い神官ではなく、小太りで赤黒い顔の、全く別の神官だった。

「どういったご用でしょう？」

部屋に入ってきたクレック神官に、老神官は尋ねた。

「ええ、この書類をお願いします」

「拝見いたします」

老神官は分厚いレンズを使って、クレック神官から提出された書類に目を通した。

「つい先ほど、この部屋を訪れた神官がいたでしょう」

老神官が書類に不備がないか確かめていると、クレック神官が言った。

「ええ、おりましたね」

「彼は何の用で、事務局に来たのです？」

唐突な質問に、老神官は顔を上げた。

目の前の太った神官は、にたにたと奇妙に笑っていた。

「あの若い彼——アルフ神官は、確かイスム地区の担当ですね？」

「ええ」

再び書類に顔を戻しながら、老神官は返事をした。

「私もついこの前までそうだったから分かりますが……ほら、イスム区域の仕事は少し特殊でしょう？　与えられる仕事が極端に少ない、と言いますか。私が任されていた時も、この事務局に来る用事なんて、ほとんどなかった気がいたしましてね」

「まぁ、そうですね。先ほどの方は、イスムに捨てられたゴミについて知りたかったらしく、自主的にここへ来られたんですよ」

「ゴミ？」

「ええ。あなたもご存じでしょうが、イスム地区にはたくさんのゴミが捨てられているでしょう。そのゴミがどこからくるものなのだろうと、彼はそれが知りたかったみたいですよ」

「……なぜそんなことを？」

「あの地区から、ゴミを無くしたいのだそうです。まぁお若い方ですから、何らかの功績をあげて、早くこの街の教会に戻してもらいたいという思いがあるのでしょう」

「へぇ……」

クレック神官が何か考え込んだ。

そして再び老神官に問いかける。

「それで……なんとお答えしたんです？」

老神官は少し圧のある声に再び顔を上げて、ぎょっとした。

目の前の男は、老神官にぐっと顔を近づけた。

その顔には、度の過ぎた作り笑いが張り付いている。

赤黒い顔に、血走った目。

近づけられた顔の異様な不気味さ。

まるで魔物の顔だ。

老神官は、額に汗をにじませて思った。

たとえばそう――卑しい笑みを浮かべた、黒ゴブリンのようだと。

一度その考えが浮かぶと、もはや目の前の男の顔がそうとしか見えなくなった。

「それで、あなたはなんとお答えしたんです。あの神官に、ゴミの出所を尋ねられて」

黒ゴブリンが喋っている。

「あぁ、えっと、私の方でも詳しいことは分からないから、ララルド商会にでも行ってみなさいと勧めたのです。この街のゴミ事情については、彼らの方がよく知っているだろうからと……」

動揺しながら老神官が答えると、黒ゴブリンはぎょろりとした両目でその顔を凝視した。

「なるほど」

そして一言呟くと、ようやく顔を離した。

「確かにイスム地区にゴミが散乱しているのは有名な話ですが、どこから捨てられているのかなんて話、誰も知りませんよね」

黒ゴブリンが、作り笑いのまま首を傾ける。

「え、ええ」

「ララルド商会、ですか。なるほど、なるほど……」

一人納得したように呟くクレック神官に対して、老神官はなおも気味の悪さを感じていた。

◆　◆　◆

サラドメイアの教会を出たあとその足で、俺――アルフは老神官に紹介されたララルド商会へと向かった。

ララルド商会が管理する、地下ゴミ処理場。

そこで俺が目にしたのは、薄暗い地下でゴミを処理する大量のスライムだった。

石の壁に取り付けられたいくつもの松明《たいまつ》。

その揺れる火によって、おびただしい数のスライムが色鮮やかに照らされていた。

黄、紫、緑、青。

深い溝の中でカラフルな物体が蠢《うごめ》く。

地上から運び込まれたゴミが溝の中へと流し込まれると、下で待ち構えていたスライムたちがすぐに反応を示した。

　彼らは競い合うようにして、自身の透明の体に放り込まれたゴミを取り込み始める。

　パルムの街から集められたゴミは、今この瞬間も、大量のスライムによって消化され続けていた。

「ご覧ください、神官様。パルムという素晴らしき都市を清潔に保つため、我が商会はこのようにゴミを処分しております」

　商会の代表者であるララルド商人が、誇らしげにそう言った。

　地上から運び込まれた大量のゴミが、床に山となって積み上げられている。

　それから定期的に、ゴミを運ぶ作業員によって溝の中へと流し込まれる。

「こちらを見てください、神官様」

　ララルド商人に手招きされ、俺は溝の中を覗き込んだ。

「スライムに処理させているんですね」

「ええ、そうです。冒険者ギルドからまとめて買い取ったスライムに、こうしてゴミを食べさせております。神官様もご存じかとは思いますが、スライムは種類によってどの物質を消化するのが得意なのか、異なっているのです。あの赤いやつらは金属を消化するのに向いており、あっちにいる青色は生ゴミを消化します」

　ララルド商人は指を振って、説明を続ける。

「だから我々はゴミを分別して、消化の向き不向きに応じて、それぞれ処理させているんですよ。

これをやるのとやらないとでは、かかるコストが大違いですからな」

「どういうことですか？」

「一般的にスライムはね、それぞれ一生に消化できる量が決まっていると言われているんです。それらを消化し終えたら、スライムは寿命をまっとうして死んじまう、というわけです。ですが同じ一匹の生涯《しょうがい》の中でも、得意な物質だとより多くのものが消化できるし、苦手な物質だとちょっと消化しただけでころっと死んじまうという違いが生まれます。つまり一匹一匹のスライムたちに、得意なものを食わせて、より多くのゴミを処分させるということ。それが、スライムの節約につながるというわけなんです」

さらにララルド商人は、俺が何か口をはさむ前に、ずんと手の平を突き出してきて、自分の話を続けた。

「おっと。たかだかスライムでそんなケチなことを考えるな、なんて言わないでくださいよ。冒険者ギルドの奴ら、ゴミの処分のために私らが大量のスライムが必要だと知っているから、足元見やがるんです！　パルム周辺のスライムは数が減ってきているとか、希少度が上がっているから一体当たりの単価を上げさせてもらうとか理由をつけてね。だから、いかにして少ないスライムで多くのゴミを処理するかが、我々の儲《もう》けにも大きく関わってくるんですよ」

その後も金勘定について、商人が得意げに語った。

一通り話を聞いてはみたものの、イスム地区に持ち込まれるゴミにつながりそうな情報は得られなかった。

◆　◆　◆

アルフが来た夜、都市パルムの地下ゴミ処理場ではスライムたちが、昼間に流し込まれたゴミをなおも消化し続けていた。

そこに地上から二人の人間が現れる。

一人は、ララルド商人。

そしてもう一人が、クレック神官だった。

「では、クレック様。よろしくお願いいたします」

ララルド商人がクレックに頭を下げた。

「ええ」

神官は、まだスライムの溝へと落とし込まれていないゴミの山の一つに近づいた。

そしてその前へ行くと、両手を広げて、ぶつぶつと何かを唱える。

するとゴミが奇妙な光に包まれ、次の瞬間にはその山ごと無くなっていた。

「いつもすみませんね、神官様。浮いたスライム代のお礼は弾ませていただきますので……」

口ではそう言いつつも、ララルド商人はあまりこの神官にお金を払いたいとは思っていなかった。

ある時から、この神官はラルド商人になかば一方的に「ゴミを多少減らしてやる代わりに、その分で浮いた処分料を寄こせ」と言って、ララルド商会に度々顔を出すようになった。

最初は小額でかなりの量のゴミを消してくれていたから、確かにゴミを処分するためのスライム購入費の節約になっていたが、最近では要求する額が増えてきている。

いつの間にか商会にとっての利益にもならず、かといって特権的な職業についているこの男を無下に扱うこともできず、ララルド商人は、クレック神官のことを疎《うと》ましく思っていた。

「いえいえ、少しで構いませんよ。ララルド商人」

満更でもなさそうに、クレック神官は笑う。

そして神官は次々と、並んだゴミ山を消し去った。

最後の一つまでゴミ山を消し去ると、彼はおもむろに口を開いた。

「そういえば、商人。一つ聞きたいことがあるのですが」

「はい、なんでしょう？」

「今日の昼、ここに若い神官が来ませんでしたか？」

「ええっと……」

ララルド商人は記憶をたどって答えた。

「アルフ・ギーベラート様……というお若い神官なら、いらっしゃいましたよ」

「どんな様子でした？」

「どんな、とは……？　え⁉」

クレック神官が、いきなり商人の両肩を強く掴んだ。

そしてまくし立てるように、商人に問う。

「あの神官は、あなたにどんなことを尋ねました？　何を探ろうとしてきましたか？」

「え、ええ……」

神官の様子に困惑しながら、ララルド商人は若き神官とのやり取りを答えた。

◆　◆　◆

俺――アルフがパルムから戻ると、教会の食堂には夕食が並び、香ばしい匂いで満たされていた。

わぁ……！

畑でとれた野菜は、今日もダテナさんの確かな腕前によって、素晴らしい料理に姿を変えている。

かぼちゃ色のポタージュ、畑でとれた野菜の揚げ物。

スキルで授かったパンはこんがりと焼かれ、その隣には小さなお皿に入った淡《あわ》い黄色のペーストが置かれている。

パンに載せて食べるもよし、野菜につけて食べるもよしの万能ペーストだ。

そのほかにも趣向を凝《こ》らした料理が、食卓の長テーブルにずらりと並んでいる。

ダテナさんは、料理人としての力を遺憾《いかん》なく発揮して、ある実をしぼって油をとったり、または別の実を乾燥させてスパイスにしたりと、毎日、厨房と畑とを往復している。

そのおかげで、新たな料理のレシピや調味料が次々と生み出されていた。

料理の腕がからっきしな俺にとって、これほど心強い味方はいない。

「どうかしたか、アルフ？」

いつもながらではあるが、今日も豪華な料理の数々に圧倒されていると、ダテナさんが、怪訝そうな顔で俺の様子を窺っていた。

ダテナさんは顔の彫りが深く、なかなかに厳《いか》つい風貌《ふうぼう》をしているので、妙な迫力があった。

もちろん中身は優しくて穏やかな人だとよく知っているから、表情を見て気後《きおく》れすることはないが……

ちなみに子供たちの中には、ダテナさんがふとした時に見せる表情に怯えてしまう子がいるようで、ダテナさん本人もそれを少し気にしていた。

「あ、いえ」

俺は笑って、料理人に答えた。

「いつもですけど、こんなに素晴らしいものを作ってくださって、本当にありがとうございます」

ダテナさんは少し驚いたように目を開き、それから首を横に振った。

それから、明るく笑い合っているみんなの方を見て頬を緩めた。

「素材が優れているだけだ。それに……一生懸命、畑で働いてくれる人たちのおかげだ」

彼のその表情を見ていると、なんだか俺の方まで嬉しくなってしまった。

食前の祈りを捧げると、ダテナさんに感謝を伝えて、食事を始める。

「んー！」

隣を見ると、リアヌンが目をつぶって絶品スープを堪能していた。

ぎゅっと握り込んだ小さな拳がぷるぷると震えている。

あまりにも美味しそうに食べるから思わず笑みがこぼれたけれど、冷めないうちにと思って、俺もスープに口をつけた。

「美味しい……！」

甘くて、まろやかで、とろっとろだ。

確かにこのスープなら、女神様が思わず声を上げるのも無理はない。


食事を堪能した後、みんなで談笑していると、来客があった。

「夜にすまない、アルフ神官」

教会の外に出ると、オウゴが挨拶した。

やってきたのは、鬼人たちだった。

「こんばんは！　来てくださったんですね」

少し前に話し合いをした際、落ち着いたら来てくれると話していたが、まさかこんなに早いとは。

俺は教会のみんなに鬼人たちをさっそく紹介した。

先日、俺とリアヌンが彼らの住んでいる場所まで会いに行ったことと、そこで話を聞いてもらえたことなどについては、事前にみんなにも話していた。

それもあって、みんな大きな驚きはないようだったけれど、たくさんの鬼人がやってきたので、その場には妙な緊張感が漂っていた。

「全員で来られたのですか？」

オウゴの後ろには、男性だけでなく、女性や幼い子もいる。

俺が気になって尋ねると、オウゴが答えてくれた。

「ああ。かたまって動く方が安全だからな。我らが集団でまとまっていると、イスムを徘徊《はいかい》している魔物たちはそう簡単には近寄ってこない。森に入りさえしなければ、襲われる危険が少ないからな」

それからオウゴは、一人の子を呼び寄せた。

その子が緊張した面持ちで、俺の顔を見上げる。

「えっと……？」

俺が不思議に思っていると、その子は地面に跪《ひざまず》いて首《こうべ》を垂れた。

「申し訳ありませんでした、アルフ神官」

子供がか細い声で言い、後ろにいた他の鬼人たちも、その子と同じように跪いた。

「この者は、あなたの腕を噛みちぎろうとした者だ。本当に申し訳なかった」

最後に、オウゴが説明した後に深々と頭を下げた。

先日、彼らの住処へ行った時、突然現れた鬼に腕を噛まれた一件。

その鬼は、オウゴの一族の暴走した姿だとすぐに分かった。

オウゴは一晩ほど拘束して、落ち着かせるといっていたが、どうやら鬼になっていた子は、元の姿を取り戻したらしい。

俺はいまだに頭を下げているその子を見た。

十歳くらいの子だろうか。うつむいたまま、小さな肩を震わせている。

俺はその子の前に膝をついて、自分の腕を見せた。

傷跡が残っていないことを見せて、安心させようと思ったのだ。

「もう治っているから、気にしないで」

俺の言葉を受けて、その子の瞳が揺れた。

「あ、ありがとう、ございます……」

無言だったその子が口を開くと、みるみるうちに彼の目が涙でいっぱいになった。

それから、幼い顔がくしゃっとなる。

ひっく、ひっくと、泣くのをおさえるように、彼はしゃくり上げた。

俺に噛みついた後に、かなり罪悪感を抱えていたのだろう。

ぼろぼろと大粒の涙を流すその子の顔を見て、俺の方まで悲しくなった。

「俺は大丈夫だから。もう謝らなくていいからね」

どうすればいいか分からず、俺はとにかく彼の手を握ってそう繰り返した。

彼はうっ、うっと喉を詰まらせながら、何度も頷いた。

その子をなだめて立ち上がった俺に、オウゴが口を開く。

「感謝申し上げる、アルフ神官」

「とんでもないです」

俺が謝罪を受け入れたことで、鬼人たちとのわだかまりはなくなった。

泣いていた鬼人族の子も、多少落ち着いたらしく、俺に小さな笑みを見せてくれた。

それまで見られなかったあどけない様子に、気持ちがほっこりした。

「そうだ、これを……」

するとオウゴが思い出したように、そばの鬼人から麻袋を受け取って中身を出した。

その袋は、俺が気まぐれな種を渡す時に使ったものだ。

袋から出てきたのは、白い瓢箪《ひょうたん》のような実だった。

鑑定スキルで確かめると、それは「ウポの実」と呼ばれる果物だった。

「これは……？」

「あなたが与えてくれた種から実ったものだ。それを収穫して持ってきた」

これも気まぐれな種からできた実なのか……

俺たちが育てた気まぐれな種は、これまで教会裏の畑にたくさんの作物を実らせてきたが、この実がとれたことは、覚えている限り一度もなかった。

「あの黒い種からは我らでは食べきれないほどの実がなった。それでいくらか持ってきたのだ。よければ受け取って欲しい。あなたからいただいた種だから、お礼とはいえないのだが……」

「いえ、すごくありがたいです。うちの畑では、この実がとれたことがないですから」

「それは……どういうことだろう？」

俺の返事を聞き、オウゴは怪訝そうな顔をした。

「前に少しだけお話したと思いますが、この種からは様々な作物がなります。ですが、どんな作物が得られるのかは、実際に成長してみないと分からないのです。もしかしたら、ちょっとした環境の違いなどにも影響を受けるみたいですね。おそらく、皆さんの住んでいる場所だからこそ得られた作物なのだと思います」

鬼人たちは、驚いたように顔を見合わせた。

「そうだったのか」

オウゴが唸るように言った。

「ええ。ですから俺たちとしてもこの実をいただけるのはすごくありがたいです」

鑑定スキルで見る限り、この白い瓢箪型《ひょうたんがた》のウポの実の中には、鶏肉のような食感の実が詰まっているらしい。

肉の代わりになる実であれば、神獣たちも食べることができるし、大助かりだ。

「そうか。それならば、持ってきてよかった」

オウゴはほっとしたように言った。

「あ、そうだ。もしよかったら……」

俺はそこまで言って、『保管庫から取り出す』とスキルの合言葉を唱えた。

トマトにそっくりのトマトマや、ぐるぐる巻きの蛇《へび》ナス、茹《ゆ》でるとホクホクした食感が楽しめるムラサキ瓜《うり》などを次々と出していく。

「せっかくなので、うちの畑でとれたものをどうぞ。交換しましょう」

「い、いいのか……？」

オウゴが狼狽《うろた》える。

「もちろんです」

俺は笑って、彼らに野菜を手渡した。

鬼人たちは、受け取ったものをしげしげと見つめた。

その反応を見る限り、どうやらうちの畑でとれた野菜は彼らのところにはないらしい。

「いや、袋ごとお渡しした方がいいですね。ついでに、追加の気まぐれな種も、ある程度まとめてお渡ししておきましょうか」

俺は『保管庫』から、麻の袋と作物、気まぐれな種を取り出して、彼らにどんどん渡していった。

「こんなにも……本当に良いのだろうか？」

オウゴが困惑気味に言う。

「もちろんです。ですが、もしよければこちらからもお願いしたことがあって……この教会にいる女神に祈りを捧げてもらいたいのです。お願いできますか？」

「？」

鬼人族の人たちはそもそも祈りを捧げる文化がないらしく、戸惑っているようだ。

「難しいことは何もありません。この恵みを与えてくださった女神に対して、皆さんが感じたことや、伝えたい言葉を、心の中に思い浮かべてみてください」

俺が説明するも、鬼人たちは、分かったような、分からないような微妙な表情をしていた。

ひとまず俺は鬼人たちを広間の女神像の前に案内した。

「さぁさぁ、こちらへどうぞ。並んでください」

ロゲルおばあさんが、鬼人たちに声をかけた。

それを見た他の大人たちも、率先して鬼人族と会話を始める。

ロゲルおばあさんと同じく信心深い人たちが、祈りのことについて身振り手振りを交えて説明する。

大人の鬼人たちが、その説明に頷いていた。

別の場所ではミケイオとマリニアが、子供たちの輪の中に鬼人族の子たちを招き入れていた。

ジャックが鬼人の子の一本角を指差して「かっこいいね！」と声をかけた。

子供たちの輪から一段と明るい声が上がる。

そしてみんなで、大広間の女神像の前に並んでいく。

広間がにぎやかな声で満たされる。

「この教会におられる女神リアヌに、祈りを」

鬼人族の人たちとともに、みんなで祈りを捧げる。

祈り方について話し合っていた時の賑やかさはなくなり、その場がさっと静まり返る。

俺も彼らとともに、祈りを捧げた。

目をつぶると、視界が暗闇に塗りつぶされる。

心の中で、リアヌンに対する感謝の言葉を述べた。

鬼人たちの喜んでいる様子が脳裏に浮かぶと、俺の心はスキルを授けてもらった感謝ですぐに満たされた。

静寂の中、俺はゆっくりと目を開ける。

それから一人、また一人と目を開け、広間には再び、ほっとした空気が流れ始めた。

全員が祈り終えるのを待ちながら、俺は何気なく女神像に触れた。

え!?

鬼人族の人たちの祈りによって、溜まった神力が膨《ふく》れ上がっていた。

女神像の上に浮かんで見える、神力の量を表す数字の桁《けた》を、思わず数える。

いち、じゅう、ひゃく……

明らかに、今までより並んでいる０の数が多すぎる。

一億……

神力は、いつの間にか途方もない量になっていた。


祈り終わった後、みんなで鬼人族の人たちを見送った。

帰りがけに、オウゴが俺に尋ねる。

「アルフ神官。あれから、ゴミの出所は分かっただろうか？」

「いえ……それがまだ、足取りが掴《つか》めていないんです」

俺は正直に答える。

今分かっているのは、都市のゴミが、地下に集められたスライムによって、まとめて処理されているということくらいだが、大した手がかりにもならないだろう。

「すみません。せっかく皆さんから重要な情報をいただいたのに」

「気に病《や》まないでくれ。我らの方でも、また何か気付いたことがあれば、すぐに伝えよう」

「ありがとうございます」

「それと……我らの中にもうあなたのことを信用しない者はいない。我らが食料源として依存していたゴミの山、いつでも望む時に処分してくれ」

オウゴはまっすぐに俺の目を見て言った。

オウゴが言い切ると、まわりの鬼人たちも同意するように、頷いたり、微笑んだりしてくれた。

「ありがとうございます……！」

彼らに信頼してもらえるようになったのは、純粋にとても嬉しい。

「また後日、伺いますね」

「ああ。いつでも好きな時に来てくれ」

そうしてオウゴたちは、肩を寄せ合って帰っていった。

鬼人族の人たちからもらった作物はウポの実をはじめ、ほとんどが肉と似た食感の実だった。

ありがたく『保管庫』におさめて、今日はもう眠ることにしようという話になった。そして俺たちは、その場で解散する。

俺は教会主の間に戻ったあと、女神像の前に立った。

「ふふっ。嬉しそうだね、アルフ」

俺のあとをついてきていた女神様が、ニヤニヤしながらからかってくる。

しかしそれも、さして気にならない。

溜まった神力のことを考えると、どんなことができるようになっただろうと、ワクワク感が止まらなかった。

像に触れると、新たに得られるようになったスキルが青く輝く玉としていくつも浮かび上がる。

さらに教会の拡張では、部屋数を増やすだけでなく、聖院周辺に別棟《べっとう》を建てることすら可能になっていた。

俺はそれらに触れて、何を授かることが今後の生活に役立つか、みんなのためになるだろうかと吟味《ぎんみ》する。

これにしよう。

教会の拡張は神力を消費しすぎると考えた俺は、めぼしいスキルを一つ選んだ。

「おっ。何か手に入れたの？」

俺が女神像から手を離すと、リアヌンが聞いてきた。

「うん」

「えっ、どんなの？」

弾んだ声で尋ねてくる彼女に、俺は授かったスキルについて打ち明けた。

第七話　ゴミ山事件の真相は……

次の日の朝、俺は畑の隣で寝転がっていたイテカ・ラに声をかけた。

「おはよう、イテカ・ラ」

その周りには、十分な睡眠で元気いっぱいの子狼たちが、跳ねるように走り回っていた。

黒くてころころしたその姿は、やっぱり愛らしい子犬にしか見えない。

——おはよう、アルフ。

「ごめん、休んでいるところに」

近寄ってきた子狼たちを撫でまわしながら、俺はイテカ・ラと会話した。

——いや、平気だ。

昨晩も狩りに出かけていたのだろう。

イテカ・ラは、ふわあっと大きな口をあけてあくびした。

「今夜、ちょっと連れていってもらいたいところがあるんだけど、いいかな」

俺がそう言うと、イテカ・ラはきりりとした表情で唸った。

——もちろんだ、我が主よ。

それからみんなが寝静まった夜、俺はイテカ・ラの背に乗って、イスム地区を駆けていた。

並走するルイノ・アの背には、リアヌンが乗っている。

出発する前は、おそらくダテナさんが用意してくれた晩御飯の食べすぎでちょっと眠そうにしていたが、今は目が冴《さ》えているようだ。

月が出ていて、辺りは明るい。

やがて、目的の場所にたどり着いた。

――ここで待っておいた方がよいか？

木立の前で足を止めると、イテカ・ラは首を捻って尋ねた。

「いや、一緒に来てもらえないかな？」

――分かった。ついていこう。

昨晩の様子であれば、もう警戒はされておらず、鬼人たちとは信頼関係が築けているはずだ。

厳つい神獣たちを連れて向かっても、問題はないだろう。

そして五頭の神獣たちとともに、俺は鬼人族の住む木立の中へ分け入った。

「よくぞ来てくれた、お二方」

オウゴは俺たちのことを、快《こころよ》く出迎えてくれた。

「すみません、昨日の今日で来てしまって」

「いや。我らの言葉に嘘はない。あなた方のことはいつでも喜んで歓迎させてもらう」

オウゴは口元に笑みを浮かべて、頷いた。

「ありがとうございます」

俺は、オウゴと周りにいた鬼人たちにお礼を言った。

「案内しよう。ついてきてくれ」

オウゴは俺たちの目的を理解して、俺とリアヌンに言った。

「はい」

鬼人たちとともに木立の奥へと進むと、まもなくゴミ山が現れた。

彼らが飢えを凌《しの》ぐために利用していたものだ。

何かの食べかけのようなゴミもあったが、食べ物ではない剣や錆《さ》びついた刃物のようなものも覗いている。

この中から食べられるものをより分けるのは、危険な行為だろうと感じた。

「いつでも燃やしてくれ」

オウゴが言った。

「ありがとうございます」

オウゴの後ろにいる鬼人たちも、静かな表情で成り行きを見守っている。

だが、ゴミ山を燃やす前に、俺はもう一つやっておきたいことがあった。

俺はゴミの中で目についた、金属片のようなものを拾い上げて、スキルの合言葉を唱える。

『この物《もの》が持《も》つ記憶《きおく》を見《み》せよ』

神力が莫大《ばくだい》な数値になってから授かったスキル。

それは、触れた物がこれまでにたどってきた過去を、断片的に知ることができるものだった。

頭の中に、自分が経験したことのように金属片の過去の情景が浮かび上がってくる。

その記憶によって、俺はこの金属片が剣ではなく、ある貴族によって所有されていた槍《やり》の一部だと理解する。

おそらくどこかの時点で欠けてしまい、捨てられたのだろう。

そのまま記憶をたどっていくうちに、俺は求めていた情報に行き着いた。

この金属片から得られなければ、他のゴミを試すつもりではあったが、適当に選んだ槍の欠片《かけら》は役目を果たしてくれたようだ。

得られた情報は、この槍の欠片が鬼人たちのもとに送られてくる間際の情景だった。

そういうことだったのか……

鬼人の子たちが教えてくれた通り、槍の破片を含むゴミは本当に空から降ってきていた。

そしてその一瞬前の情景として見えたのは、都市パルムのゴミを集めた地下。

そこである男が、何らかの力を使っている姿だった。光り方からして、魔法ではなく、スキルだろう。

最後に見えたゴミをこの場所まで飛ばした男は、見覚えのある神官だった。

「アルフ？」

俺は名前を呼ばれて、はっと後ろを振り返る。

神獣のそばに立ったリアヌンが、心配そうな顔でこちらを眺めていた。

「ああ、うん」

そして、俺はスキルの合言葉を唱える。

『聖火《せいか》を灯《とも》す』

リアヌンに初めて授かったスキルということもあって、出現させる聖火の加減も手慣れたものだった。

山のてっぺんにボッと鮮やかな火が灯る。

「おぉ……」

背後から、鬼人たちが驚く声が漏れ聞こえた。

俺の意思を汲《く》んだ聖火は、山の頂上からゆっくりと広がる。

それからあっという間に、ゴミ山を全て焼き尽くす力強い火柱へと姿を変えた。

神力を消費して、聖なる火柱がゴミを燃やし尽くしていく。

役目を終えると、聖火は俺が合言葉を唱えるまでもなく、自然に消えていった。

そして後には大量の聖灰が残った。

「ありがとう、アルフ神官」

オウゴから差し出された分厚い手を俺は握り返す。

「いえ、こちらこそです」

ゴミ山を燃やし終わると、鬼人たちから次々と感謝の言葉をかけられた。

月に照らされた彼らの表情は、誰もが憑《つ》き物《もの》が落ちたかのようにすっきりとしたもので、印象的だった。

燃え残った灰は、畑にまいてくださいと言って彼らに渡した。

それから一仕事終えた余韻《よいん》に浸《ひた》りながら、俺は彼らの畑を見せてもらった。

基本的に夕方や夜に種をまいているらしく、既に畑は十分な大きさの実でいっぱいだった。

イスムの教会裏の畑でとれるものとは違う作物が多くて、それらをスキルで鑑定して回る。そして鬼人たちから実際に食べてみた感想などを聞いた。

あまりにリアヌンが食べたそうな顔をするので、いくつかの実をいただけないかと伝えると、みんな譲ってくれた。

思いのほか会話が弾み、俺は彼らに新たな提案を持ちかけることにした。

「あの、もしよかったらなんですけど……俺たちの住んでいる教会で一緒に暮らしませんか？」

本当は、もう少し交流を深めてから提案するつもりだった内容だ。

この場所は、森ほどの密度はないとはいえ、木立に囲まれている。

鬼人族の人たちが日常的な住処としているためか、魔物の気配はほとんどないが、俺は気まぐれな種でできる実の美味しさをよく知っていた。

何の対策も施さなければ、いつ魔物たちが畑に目をつけだすか分からない。

森からは距離があるはずのイスムの教会にさえ、黒角ブゥアのような魔物がやってくるのだ。

これほど森に近い場所であれば、魔物に嗅ぎつけられるのは時間の問題だろう。

そういうことが心配になって早めに提案したのだが、鬼人たちの反応は芳《かんば》しくなかった。

「気持ちはありがたい……いや、できることならばそうしたい思いもあるが……我らはただの人ではないからな」

「えっと……皆さんが望まれるなら、いつでも来ていただいても……」

オウゴは苦笑して、言い辛そうに続けた。

「成熟した大人はあまりないのだが……若い者は感情の制御が利かなくなることがある。ちょっとしたきっかけで感情的になると、我を失って鬼になる衝動を抑えるのが難しくなる。鬼になってしまえば……」

オウゴは気まずそうに俺の腕を見ながら言った。

「何をしでかすか分からない」

俺は自分の腕に触れながら、考える。

鬼人族の子が鬼になった時、俺は腕に噛みつかれた。

回復できる俺ならともかく、これが他の人に襲いかかったとなったら、確かに大惨事《だいさんじ》だ。

彼らは俺たちの近くに住むことで、誰かを傷つけてしまうのではないかと恐れているのだろう。

「そうでしたか。すみません。何も知らず、気安く話を持ちかけてしまって」

「いや、我々も教会に住ませてもらえるのなら、どれほど良いだろうと思っている。誰もがな。それに、人からも魔物からも身を隠して暮らすようなこの日々をいつまで続けなければならないのだろうと。だがあなたや、あなたの大切な家族を、我らが傷つけるわけにはいかない。たとえあなたに優れた力があったとしてもだ」

オウゴの周りにいた鬼人たちはうつむいていた。

「感謝する、アルフ神官。我らはもう十分、あなたによくしてもらっているよ」

オウゴは顔を上げて微笑むと、最後にそう付け加えたのだった。


次の日の朝、食事を食べ終わった後に俺はみんなを集めて話を聞いてもらった。

内容は、昨晩オウゴと別れてから考えていた、鬼人と一緒に住む方法についてだ。

俺が提案した内容に、みんなが賛同してくれた。

そして教会の拡張によって、俺たちの教会から少し離れた場所に、生活に必要な部屋を揃えた別棟を建てた。

そのためには、いつもより大胆に神力を消費したけれど……それでも、今までに増えた数値から考えると、余裕があった。

そしてオウゴたちを受け入れる準備を整えていると、数日ほど経って、余った作物を持って鬼人のみんなが会いに来てくれた。

俺は作物を受け取った後、彼らに別棟を見てもらった。

「もしよければ、こちらの建物で暮らしてみませんか？」

新たに建てられた小さな教会に驚きつつも、鬼人たちはまだ躊躇っているようだった。

「確かに離れた位置に建物があれば、多少は心配しなくて済むかもしれない。だが、我らが平静を失って迷惑をかける可能性がある以上、ここには……」

「暴走を抑えられることができれば、大丈夫ですか？」

「あぁ……それはそうだが」

そこで、俺は彼らにある程度の説明をしてから、その場で天職を授けることにした。

その中の一つが、この事態を解決できるかもしれないと思ったからだ。

みんなの儀式を進める中で、鬼人の何人かがお目当ての天職――『教会の守り人』を授かった。

俺はさっそく彼らにその天職とスキル内容を説明し、それからダーヤとレンナを呼んで、『聖蜂』を実演してもらった。

本来は、危険な魔物を酩酊状態にすることで行動不能にするスキルだが、これなら鬼人たちも味方を傷つけることなく、我を失った仲間を取り押さえられるだろう。

「確かに、この力があれば……」

厳つい鬼たちが目からボロボロと大粒の涙を流した。

「本当に、なんと言ったら……」

オウゴがそう言って、俺に繰り返し感謝を述べていた。

こうして鬼人たちも、教会で一緒に暮らせることになったのだった。


それからしばらくして、俺は都市パルムへと向かった。

鬼人たちの件も解決して、残る問題はあと一つとなっていた。

今回はイテカ・ラに送ってもらわずに、ここまで馬車で来ていた。

昼間のことだったし、時間がどれくらいかかるか分からなかったからだ。

リアヌンもいつものように一緒に来たがっていたけれど、何とか教会に残ってもらうように説得した。

パルムに行く目的があまり明るいものではなかったから、一人で行こうと決めたのだった。

「帰ってきたら、あったことを全部話すよ」と言うと、リアヌンは渋々引き下がってくれた。

久しぶりの馬車は、思った以上にごとごとと揺れる。

こうやって比較すると、イテカ・ラの背中はあの速さでなんて安定しているのだろうと思った。

パルムに着くと、最初に野菜売りのポーロさんのところに寄ってから、『保管庫』に入れていた野菜を買ってもらった。

オウゴたちからもらった実を見せると、ポーロさんは喜びの声を上げた。

「おお！　アルフ坊っちゃん、これはまたかなり珍しい野菜をお持ちですな……！」

ポーロさんはそれぞれの実の買い取り価格を教えてくれる。

それらは、俺たちが普段、教会裏の畑でとっているものの二倍、三倍するものばかりだった。

だが、鬼人たちからはそれほどの量をもらったわけではないので、とりあえずいつも買い取ってもらっている実の方を買ってもらうことにした。


野菜を買い取ってもらったお金を得て、俺はその足で魔法具店に向かった。

魔法具店の中は、乾いた木の匂いがした。

フードを羽織った、いかにも魔法使い然とした人から、お金持ちの家の使用人らしき人まで、様々な人が店内を物色している。

物価が高い表通りの店だけあって、俺が日用品などを買う時にお世話になっている道具屋とはまた違った雰囲気だった。

棚には、複雑な古代の魔法陣が描かれた図鑑《ずかん》、肌に塗ると魔物除《まものよ》けになるポーションなど、目を引く商品がずらりと並んでいる。

だめだ、だめだ。今日はそういう目的で来たんじゃないんだから。

俺は首を横に振って、目当ての商品に手を伸ばした。

『誓《ちか》いの札《ふだ》』と呼ばれる、魔法がかけられた札だ。

いくつかの種類の札が置かれていたので、俺はそれぞれの値段や効果を確認した。

「おや、お客様。なかなか面白いものに興味をお持ちで」

後ろから声をかけられて、咄嗟《とっさ》に振り返る。

そこにいたのは魔法具店の主人……ではなく、品のある緑のローブを着た、一人の魔法使いだった。

「先生！」

俺が言うと、眼鏡《めがね》をかけた魔法使いが気さくな笑みを浮かべた。

「やぁやぁ。久しぶりだね、ギーベラートくん」

マール＝ツィペット先生。

俺が神学校に通っていた時に最も慕《した》っていた、恩師とも呼べる先生がそこに立っていた。


魔法具店を出た俺は、先生に誘われてカフェに入った。

揺らすと色と香りの変わる魔茶葉《まちゃば》が使われた紅茶を楽しみながら、先生の近況を聞く。

神学校の職を辞して、故郷の村に一時期いたと聞いていたが、少し前にまたこの街へと戻ってきたという。

「では、今はお仕事はされていないのですか？」

「つまり、気ままな旅人というわけさ。ギーベラートくん」

「……」

先生は冗談めいた口調で言って、美味しそうに魔紅茶《まこうちゃ》をすすった。

「神学校への復帰は考えていないんですか？」

「それも悪くないけど。今しばらくは、この自由の身を謳歌《おうか》するつもりさ」

このらりくらりと、生きること全体に余裕を持っている感じを見て、確かにツィペット先生だと、俺は密かに嬉しくなった。

それから先生に近況を尋ねられた俺は、無事神学校を卒業したことを最初に伝えた。

「そりゃあ、めでたい。おめでとう」

眼鏡を持ち上げて、自分のことのように喜んでくれる先生。

だが俺がイスム地区の教会を任されたことを伝えると、その表情が曇った。

「大変なところを任されたね」

「いえ、そうでもないんです」

俺は自分が授かったスキルと、イスムの教会で出会った女神について話した。

「充実しているみたいだね」

俺の話を聞いた先生は、にこにことそう言った。

「それで、その魔法札は何に使うんだい？」

近況を聞き終わると、俺が先ほど魔法具店で購入した、決して安くない二枚の誓いの札に目を移した。

「実はこの後、会わなければならない人がいまして」

「ほう？」

ツィペット先生は、好奇心に目を輝かせて話の先を促す。
俺はそのまま
これからの計画を話すのだった。

ツィペット先生と別れて、俺は一度サラドメイアの教会事務局を訪れた。

何度か訪れた事務局の一室には、いつもと同じ老神官が座っている。

俺は彼と挨拶を交わして、さっそく聞きたいことを尋ねた。

老神官は、丁寧にもパルム内の地図を引っ張り出して、俺が行きたいと伝えた場所の位置を教えてくれた。

お礼を言って、俺は教えてもらった場所へとすぐに向かう。

中心街から少し離れたニカという通りに、老神官から聞いた場所はあった。

目的の場所は教会。

それも、大きさはそれほどでもない、白塗りの何の変哲《へんてつ》もない教会だ。

大きさも見た目も、ひどく中途半端に感じたが、俺はすぐに思い直す。

いや……俺がリアヌの聖院に見慣れてしまったから、それと比べているだけかもしれない。

気を取り直して扉を開けると、目的の人物とはすぐに遭遇した。

「おおぉ、これはどうも！」

男は大袈裟に手を広げ、胡散臭《うさんくさ》い笑みを浮かべる。

だが俺は、男が笑みを浮かべるよりも前に眉間に皺を寄せていたことを見逃さなかった。

やはりこの男は信用ならない。

「クレック神官、数日ぶりですね」

俺の前には、イスム地区を以前担当していたクレックが立っていた。


話があると言うと、クレックはこの教会の教会主の間に通してくれた。

「さぁどうぞ。大したものではございませんが……」

目の前に、紅茶が差し出される。

「ありがとうございます」

室内に並ぶ派手な紫色の椅子や机は、この男の趣味なのだろうか。

あまりこの部屋に合っているとは言い難かった。

「わざわざ私の管理する教会に来てくださって、ありがとうございます」

私の、というところを嫌に強調して、クレック神官は言った。

「いえ……」

「本日はどういったご用件ですか？」

「イスム地区について、お伺いしたいことがあってきました」

「ほう、イスム地区ですか」

クレック神官は、思わせぶりなため息をついた。

「大変でしょうなぁ。いや私も分かります。あなたの前に、あの酷い場所へと送り込まれた身ですからね」

「はぁ……」

「私にお答えできることであれば、なんでもお答えいたしましょう。同じ苦しみを味わった者として、ぜひあなたのお力になりたい」

クレック神官がぺらぺらと調子よく言葉を並べる。

「では、さっそく聞きたいのですが、これに見覚えはありませんか」

俺はポケットに用意していた、槍の破片を取り出した。

鬼人たちのゴミ山で見つけたものだ。

「これは……はて。申し訳ない。何の心当たりもありませんな」

クレック神官は大袈裟に首を傾けた。

予想通りの反応だ。これを見せただけで、どうにかなるとは端《はな》から思っていない。

「そうですか。この破片は、どうやらある貴族が所有していた槍の一部のようです。処分すべきゴミとしてララルド商会の地下に持ち込まれたようなのですが……」

ララルド商会という名前を出した瞬間、クレック神官の分厚い耳がぴくりと動いた。

「それで？」

俺は言葉を続けた。

「それがなぜか、イスム地区の外れの方に捨てられていたようなのです」

「何をおっしゃりたいのでしょう？」

クレック神官は顔に笑みを張りつけたままだが、その声は明らかに低くなった。

「このゴミをイスム地区に送り込んだのは、あなたですね」

クレック神官は押し黙っている。

「先ほど教会事務局へ行って、あなたがパルムで授けられたスキルについて調べました。大量の物を、任意の場所へ移動するスキル。あなたはこのスキルを使って、パルムに集められたゴミをイスム地区に飛ばしていますよね？」

ここまで説明したところで、クレックは一瞬黙った。

それからすぐに、その沈黙を破って話し始める。

「おっしゃる通り。なぁに、パルムの正神官の一人として、ちょっとした美化活動をやらせていただいているまでですよ。やはり気高き教会都市パルムは、美しくなければなりませんからな」

「商会の方でゴミは処理されているはずです。わざわざあなたがスキルを使ってまで、イスム地区に飛ばす必要はないと思いますが」

クレックが顎をさすった。

「まぁ、それはそうですなぁ。しかし、商会さんの方もとても大変だそうですよ。ご存じですか？

昔は冒険者の腕慣らしとまで呼ばれていたスライムという魔物は、現在じゃ希少種に分類されるほど数が減っているそうです。特にパルムのような大都市では、いくらスライムを捕まえても捕まえても、ゴミの処分が追いつかないそうですからなぁ」

「それで、イスム地区にゴミを？」

「ええ。私もこの街で住まわせてもらっている一市民として、どうしても生活にゴミが出てきますからな。あの商会さんとはちょっとした顔見知りでしてね。まぁ、世の中助け合いというわけですよ」

そこで言葉を切ると、クレック神官は身を乗り出し、こちらに顔を寄せた。

「それにね。あなたもあの地区を任せられたものなら、よくご存じでしょう。あそこは昔からね、パルムから出るゴミ目当てに集まってきた者たちが住んでいる。ゴミから食べ物を漁るなんて、そんな汚らわしいことは、ちょっと私どもには考えられないですがね……しかし、彼らも人であり、生きていく必要があるわけですよ」

神官の手が、無遠慮に俺の肩に置かれた。

「助け合いですよ、助け合い。イスムの愚か者どもも、信じがたいことですが一応は人間だ。私がゴミを飛ばしてやれば、彼らは飢えを凌げる。この美しい街からはゴミが減り、商会はスライムの負担が減る。みんないいことづくめですよ」

「俺はそうは思いません」

クレック神官の手を掴み、自分の肩からテーブルにおろした。

「イスムの人たちにゴミは必要ありません。この街には、それに商会には、十分な資金と仕組みがあるはずです。この街から出たゴミは、この街の中で処理すればいい」

俺は言い切って、ポケットから魔法具店で買った札を取り出した。

誓いの札だ。

「誠に勝手ながら、誓っていただきたいのです。二度とイスム地区にゴミを飛ばさないと」

「誓わなければ？」

「教会事務局に報告します。先ほど美化活動とおっしゃっていましたが、それは教会から命じられてやっていることですか？」

「……」

「具体的な罰《ばつ》が下されるとまでは思いませんが……もし調査が入れば、上の心証《しんしょう》は多少悪くなるかもしれませんね」

パルムの教会内では、神官同士が互いを蹴落《けお》とし合うような権力争いが存在する。

どんな事情であれ、教会から授かったスキルで勝手なことをしているとなれば、ライバルを一人でも蹴落としたいと考える神官が、この男を責め立てる材料として使おうとするかもしれない。

彼にとっても無傷では済ませられないはずだ。

クレック神官は、まるで魔力が切れた魔道具のようにぴたりと止まった。

教会主の間に、決して短くない沈黙が流れる。

蚊《か》の鳴くような声で、クレックの呟きが聞こえた。

「やめましょうよ、こんなお互いのためにならないこと……」

クックックとしゃくり上げるように笑い、クレックはテーブルの上の魔法札を取った。

「分かりました。二度とイスム地区にゴミを捨てぬように、この札で誓いを立てればいいんですね」

「はい。ありがとうございます。では俺の方は、このことを他の神官に告げ口しないと誓わせていただきます」

互いに誓う内容を決めて、それを札にしたためる。

言葉を書き終えてから、互いの魔力を札に流し込んだ。

これで、魔法札は効力を発揮する。

どちらかが誓いを破った場合、札の一部が紫の炎で燃えて、誓いが破られたことが互いに分かる仕組みになっている。

目に見えた罰が発生する強力な魔法札は、基本的に普通の店では出回っていない。

裏通りの怪しい店に行けばそれらしいものは置いてあるが、今回はあくまで約束できればいい。

「ゴミを捨てられたら、そのことを教会全体にばらす」

その脅《おど》しが効力を持っているのだから、そう簡単にイスム地区にゴミを捨てることはなくなるだろう。

もし誓いが破られたら……その時は、それなりの方法を考えなくてはならないと思うけれど。

「いきなりお邪魔して、すみませんでした」

「ええ」

クレック神官は、不機嫌そうに応えた。

俺が部屋を出ようとしても、彼は椅子から立ち上がりもしない。

「しかしあなたも変な人だなぁ」

俺が扉を開けた時、クレック神官は独り言のように呟いた。

「あの貧乏人だらけの地区にゴミが捨てられたからって一体何が困るんです？　それにゴミを捨てるのは、どう考えたって私だけじゃない。みんなやってることでしょう？」

「失礼します」

俺は扉をしめて、居心地の悪い教会を後にした。


元のカフェに戻ると、ツィペット先生はなおも優雅に魔紅茶を飲んでいた。

「おお、ギーベラートくん。仕事は終わったかい？」

「すみません、お待たせしました」

「いいんだ、いいんだ。むしろこちらが望んで待たせてもらったのだからね。さぁさぁ、それじゃあよろしく頼むよ」

ツィペット先生は、やる気がみなぎっているとばかりに腕を回した。

「神官一年目にして、なかなか難しい地区を任された教え子が、一体どんな風に頑張っているのか、見せてもらおうじゃないか」

「はぁ……」

先生が俺の帰りを待っていたのは、イスムの教会を見に行くためだった。

よく分からないけど、先生はやけに楽しそうにしている。

俺たちは馬車に乗って、イスム地区の教会へと戻った。


馬車で運んでくれた御者に礼を言って、俺は教会の前に降りた。

「着きましたよ、先生」

「えぇ……これ……」

ツィペット先生が俺たちの住む教会を見て、目を丸くする。

何事にも動じないツィペット先生だから、この反応はかなり新鮮だ。

「いつの間に、イスムにこんな立派な教会が……？」

「色々あったんです、先生」

「色々……か。一体何が……」

しかし俺が先生に説明する前に、たくさんの声が飛んできた。

「おかえりなさいませ、アルフ様！」

「おかえりなさい」

「ただいま戻りました」

畑仕事をしていた大人たちや教会の周りで遊んでいた子供たちが駆け寄って来る。

もちろん黒くて小さな神獣たちも、負けじと走ってきた。

そのうちの子供の一人が、ツィペット先生を指さして無邪気に尋ねる。

「この人、だーれー？」

「だめよ！　すみません、アルフ様」

レンナが慌てて子供たちに注意する。

「すみません、先生」

俺も謝ると、ツィペット先生が声を出して弾けるように笑った。

「なんというか……魔法だけが取り柄《とりえ》の少年が、今やこんな大きな教会を任されて、アルフ様、神官様か……！」

魔法だけが取り柄……酷い言われようだ。

「ああ、失敬。なんと慕われていることか。素晴らしい。ちょっとこれまでの話を、ゆっくり聞かせてもらおうじゃないか、ギーベラートくん」

「もちろんです、先生」

それから俺は先生を教会主の間に招き入れて、ここであった出来事を話した。

この教会でリアヌンと出会った日から、色々なものを授かることを許され、たくさんの人に助けられたこと。

そして授かった聖なるタペストリーを見てもらい、まだイスム地区には会うべき人たち、処分するべきゴミが残っていることなどを話した。

ツィペット先生は、俺の活動とこの教会の生活に少なからず興味を示していた。

「よかったら、先生もこの教会で一緒に暮らしませんか？」

そんな先生に、俺はそう提案した。

「えぇ……いいんですか？　教会主様……？」

「はい」

おどけて言う先生に、俺は苦笑いして頷いた。

口を開けば冗談を言うツィペット先生は、すぐに教会の人たちと打ち解けた。

ツィペット先生はみんなと同じように畑で種をまき、神獣たちをもふもふして、子供たちと教会の周りを走り回った。

そしてちょっとした合間に本を読んでいると、それに興味を持った人たちに囲まれていた。

俺はそれを見て、先生にあるお願いをする。

「そうだ、先生。みんなに文字の読み書きを……それから魔法の使い方を教えてあげてくれませんか？」

神学校をやめても、俺の中でツィペット先生は教師なのだ。

「それはいい考えだ！　君のような偉大な生徒を育てた経験を活かす時が来たようだね！」

訳の分からないことを言いながらも、先生はその仕事を快諾《かいだく》してくれた。

それから俺は、野菜を売ったお金を使ってパルムで教材を揃えて、みんなで文字の読み書きを学ぶ日を設けた。

「魔法を教えて！」

「順番だよ、順番」

子供たちは盛んにそうせがんでいたけれど、ツィペット先生になだめられていた。

魔法は便利な反面、危険を伴うことがある。だから教える時は、責任を持って教えなければならない。

最低限の読み書きや知識を通じて、まずは「学ぶ」ということの基礎をつくるという狙いが、先生の中にはあるようだった。

やっぱり先生は、先生のままだ。

俺が感動していると、誰かから名前を呼ばれたような気がして振り返る。

「リアヌン？」

そういえば、今日は昼ごはんをみんなで食べた後から、リアヌンの姿を見ていない。

一体どこへ行ったのだろう？

◆　◆　◆

またしても、天界に呼び出されてしまった。

私――リアヌンは、ヤイピヌス神殿の円卓《えんたく》の間《ま》で、神々を相手に調査結果を報告していた。

「いかがでしょうか？」

私は上位の神々たちに、実際に下界に降りていって見てきたこと、最近のイスム地区の様子や、教会での生活について余すところなく報告した。

木の擦れる音、水が流れる音。

そんな自然で耳にするような音が円卓で交わされた後、やがて正面の神が私にも理解できる言葉で語った。

「よくできました、リアヌ神。あなたの言うとおり、どうやらこの神官ならば力を与え続けても問題はなさそうですね」

「やった！　……あ、すみません！」

円卓の神々が、ざわざわ、ざわざわと音を立てる。

どうやらまたしても、笑われてしまったようだ。

「引き続き、担当する場所の人々を幸せにできるよう、頑張ってください」

「ありがとうございます！　それで、あの……」

「はい？」

「えっと……私って、もう下界へ行くことはできないんですよね」

「調査は終了したので、今まで通り、こちらの世界から見守る形で大丈夫ですよ」

「そ、そうですよね。はは……」

すると一つの席に座っていた神が、ざわざわと音を立てた。

それから他の神々も、ざわざわ、ざわざわと木々を揺らす風のように、音を立てる。

「もしかしてリアヌ神。まだ下界でやり残したことがあるのですか？」

「ええっと、やり残したこととは少し違うのですが……」

鈴の音《ね》のように、正面の神が笑った。

「上位の神々は、あなたのこれまでの行いをとても好ましく思っておられるようです。よろしい。あなたは引き続き、あちらの世界とこちらの世界を行き来しながら、仕事に励んでください」

「ほ、本当ですか！」

神々がまた、ざわざわと笑う。

でもからかわれたり、馬鹿にされたりしている感じはない。

とても温かい、愛されていると感じる音だった。

「ありがとうございます！」

「それでは引き続き、神の子たちのため、頑張ってください」

「はい！　失礼しました！」

私は円卓の間を出るなり、とんと跳ねて世界を移動した。

◆　◆　◆

リアヌンが円卓の間から出たあとで、再び円卓に波のような笑いが起こった。

「ふふっ。素直ないい神ですね」

一人の神がそう言うと、周りの神たちも穏やかに同意した。

それから入れ違いのように、別の神が円卓の間に入ってきた。

「失礼いたします」

「よく来てくれましたね。厳格《げんかく》の神よ」

「どういったご用でしょうか」

「あなたに、新たにお任せしたい場所があるのです」

「はい」

「パルムと呼ばれる、教会が多く立ち並ぶ街です。そこでは教会を通じて我々が授けた力が、あまり良い形で使われていません」

「はい」

「厳格の神よ。あなたにはそれを正してもらいたいのです。手始めに、その街で誤った力の使い方をしている者に、何らかの罰を与えていただきたい」

「かしこまりました。お安い御用です」

首《こうべ》を垂れたまま、厳格の神は応えた。

◆　◆　◆

「あ、いた！　姫様、見つけた！」

「えっ⁉」

人気《ひとけ》がいないタイミングを見計らって、天界から降り立ったリアヌの聖院の中の廊下。

しかしいきなり近くの部屋から、マリニアが飛び出してきた。

誰かに見つかることなく、下界に戻ってこれたと思った私――リアヌンは、かなりびっくりした。

それからわらわらと、子供たちが走ってくる。

聞けばアルフが私のことがいなくなったと、捜していたらしい。

「良かった。いたんだ」

顔を上げると、私のこの世界の相棒である神官がいた。

「うん、ただいま！」

「あっ、どこかに行ってたの？」

「ううん、ずっとここにいました！」

「？」

私の言葉を不思議に思ったのか、アルフは首を捻っていた。

周囲に集まってきた子供たちの笑い声や大人たちの笑みを見ていると、私の胸は温かい気持ちでいっぱいになる。

人々を幸せにするための神であるはずなのに、私の方が幸せにしてもらってる。これじゃどっちが神か人か、わかんなくなっちゃうな。